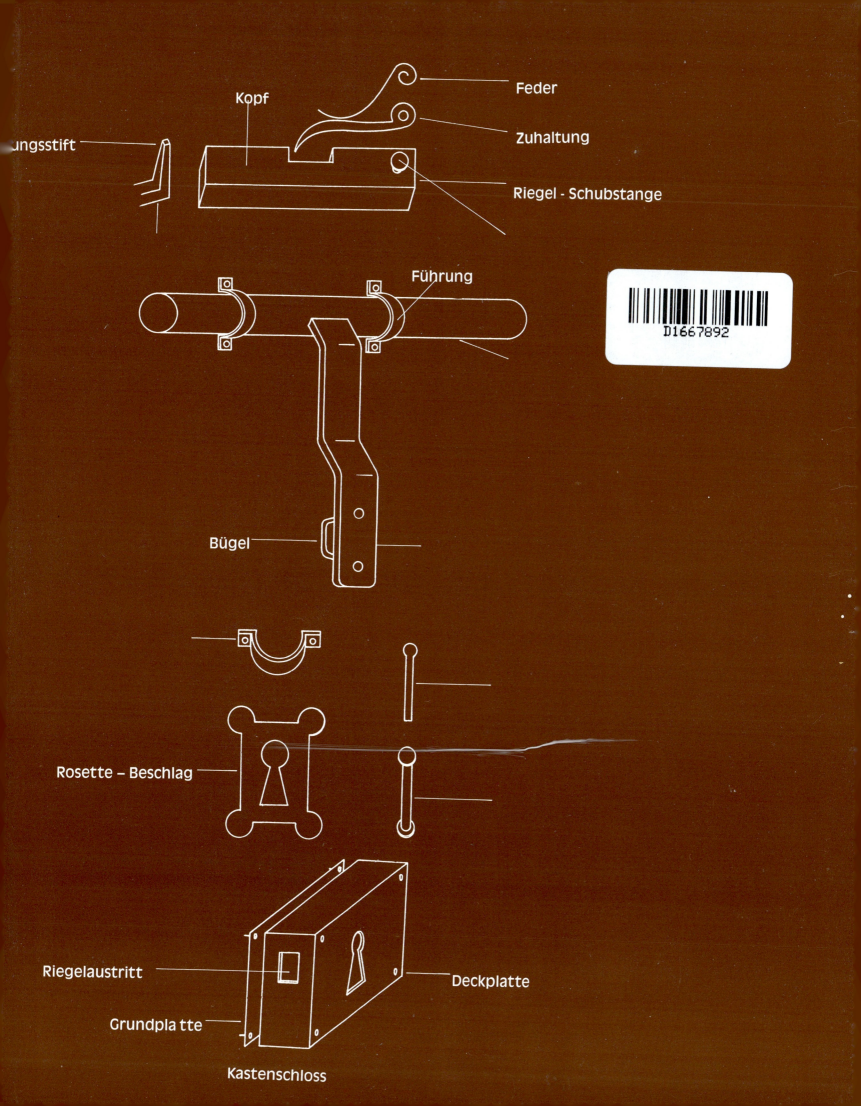

GABRIELE MANDEL
DER SCHLÜSSEL

GABRIELE MANDEL
DER SCHLÜSSEL

Geschichte und Symbolik
der Schlüssel und Schlösser

Parkland

Das Bildmaterial ist dem «wissenschaftlichen Beitrag» des
Ministeriums für Hochschulbildung und Forschung zu verdanken
und wurde dem
Autor von der Fakultät für ausländische Sprachen und Literaturen
an der Universität U.L.M. in Mailand zur Verfügung gestellt.

Der Autor dankt:

Dr. CATHERINE PRADE,
Konservatorin am Museum Bricard, Paris;

Prof. Dr. HALIL CIN,
Rektor der Universität Selciukide (Türkei);

Professor METIN SÖZEN,
Konservator an den Staatlichen Museen, Istanbul;

Prof. MEHMET BÜYÜKÇANGA,
Konservator am Nationalmuseum in Konya;

und ganz besonders

Prof. RENATO MAGGIONI,
Präsident der ERSI Italien (Schlösserexperte),

Dr. GIUSEPPE CRIPPA und Frau NUCCIA GIACHINO,
Stiftung Le Arti del Ferro, Milano;

für ihre wertvolle freundschaftliche Zusammenarbeit.

Fotos: Max Mandel
Übersetzung: Esther Dorn

Deutsche Lizenzausgabe 1993
Parkland Verlag, Stuttgart

© Lucchetti Editore, Bergamo, Italy

ISBN 3-88059-756-1

Printed in Italy

INHALT

DIE URSPRÜNGE	7
GRIECHENLAND	15
FRÜHE EISENZEIT	18
ROM	20
DER ISLAM	26
ABBILDUNGEN VON BYZANTIN ZUR ROMANIK	29
PRÄROMANIK	33
ROMANIK	36
GOTIK	39
INTERNATIONALE GOTIK	46
DIE RENAISSANCE	57
DAS QUATTROCENTO IN VENEDIG	60
DAS 16. JAHRHUNDERT	65
EISEN UND KETTEN	74
SYMBOL UND MAGIE	76
DER SCHLÜSSEL IM WAPPEN	78
ZUNFTSYMBOLE IN UNGARN	82
VORHÄNGESCHLÖSSER	84
FRANZÖSISCHER BAROCK	88
DER SCHLÜSSEL IM BAROCK	94
SCHLÜSSEL DER NIEDERLAGE	104
DEUTSCHLAND UND DIE NIEDERLANDE	106
DAS 18. JAHRHUNDERT IN DEUTSCHLAND	115
DER SCHLÜSSEL IM 18. JAHRHUNDERT UND IM ROKOKO	119
DIE SCHLOSSERKUNST IN GROSSBRITANNIEN	127
DIE SCHLOSSERKUNST IN FRANKREICH IM 18. JAHRHUNDERT	130
KUNST UND SICHERHEIT	134
GROSSBRITANNIEN: TECHNIK UND INDUSTRIE IM 18. JAHRHUNDERT	140
DAS 19. JAHRHUNDERT	142
SCHLÜSSEL: SYMBOL UND BOURGEOISIE	149
KAMMERHERRNSCHLÜSSEL	155
SCHLÜSSEL ZUM HERZEN: BRUDERSCHAFTEN UND CLUBS	159
DIE ZUKUNFT DER SCHLÜSSEL	163
DOKUMENT DER EPOCHEN	167
BIBLIOGRAFIE	199

DIE URSPRÜNGE

Die erste, wichtigste und größte Unterscheidung, die sich in der Menschheitsgeschichte herauskristallisierte, die zu bemerkenswerter kultureller und künstlerischer Vielfalt führte und deren Folgen heute zwar noch bemerkbar, aber nicht mehr offensichtlich sind, war die Unterscheidung zwischen «Nomaden» und «Seßhaften». Auch bei der Suche nach den Ursprüngen der verschiedenen Verschlußvorrichtungen, Schlösser und Vorhängeschlösser, kann man diese grundsätzliche Unterscheidung berücksichtigen.

Die Nomaden lebten in Zelten oder in Hütten, die leicht zu transportieren waren; nichts kann leichter bewegt werden als ein Zelt, selbst wenn es aus schwerem Filz ist wie in Zentralasien. Eine Stange wurden in den Boden gerammt, die Plane festgezurrt; und ebenso wurden die Habseligkeiten und Werkzeuge in Säcken aus *kilim* verstaut und verschnürt. Keine Spur von den für uns interessanten Schließvorrichtungen; nur der Schmuck wurde in einem kleinen hölzernen Schrein aufbewahrt, am Deckel eine Öse und zwei weitere Ösen auf der Vorderseite. Durch die Ösen wurde eine Nadel geschoben, ein sogenanntes «Nadelschloß». Vielleicht hat aus diesem Grund bei den Nomadenvölkern das Vorhängeschloß in allen Varianten eine größere Tradition, wobei die Grundform des Nadelschlosses auch nach der Seßhaftwerdung bevorzugt blieb, für Schränke ebenso wie für Truhen. Wir haben es hier mit der pleonastischen Häufung zweier Systeme zu tun: innen ein Riegel und außen ein Vorhängeschloß. Das ist wahrscheinlich der Grund dafür, daß in ganz Asien von Arabien bis China das Vorhängeschloß (und zwar mit einer Konstanz, die über ästhetische und stilistische Unterschiede weit hinausgeht) eine bemerkenswerte Vorherrschaft beibehalten konnte. Ein weiterer Aspekt des Nomadentums hat wohl dazu beigetragen: der Karawanenhandel. Die Händler der sogenannten «Hindustal-Zivilisation» exportierten ihre Waren ab 3500 v.Chr. bis nach Ägypten, und Hand in Hand damit ging die Verbreitung des technischen, philosophischen und religiösen Wissens, das wir heute noch im Tantrismus und im Yoga wiederfinden. Sie bewahrten ihre Waren in verknoteten Bündeln auf, mit Siegellack oder Lehm verschmiert und mit einem Siegel gekennzeichnet. Das Siegel galt als Zeichen für Identität und Eigentum: jeder wichtige Mann trug sein persönliches Siegel mit Namen um den Hals. Im gesamten persischen, mesopotamischen und ägyptischen Raum fand das Siegel Verbreitung, in Ägypten wurden auch hölzerne Siegel (als frühestes Beispiel des Holzschnitts) verwendet, um Schriftrollen zu unterzeichnen (ein Beispiel aus dem Ersten Reich findet sich im Ägyptischen Museum in Turin). Der «versiegelte Knoten», der den Ursprung der Ware im Bündel garantierte, ist mit großer Wahrscheinlichkeit die Urform des Nadelschlosses.

Was die seßhaften Völker angeht, so wurde die bisher älteste Stadt in Catal Üyük ausgegraben, etwa 60 km südlich von Konya in der Türkei. Die Archäologen gehen davon aus, daß die tiefste, noch nicht freigelegte Schicht an die 12 000 Jahre alt ist. Die bisherigen Ausgrabungen reichen bis ins Jahr 6500 v.Chr. zurück. Die zweitälteste Stadt ist Jericho, nur um wenige Jahre jünger. In Catal Üyük standen die Häuser Wand an Wand, ohne Gassen dazwischen, und die Eingänge befanden sich auf den Dächern, von mit Steinen beschwerten Falltüren verschlossen. Ein großer Stein mit einem Loch in der Mitte war das erste Sicherungssystem für diese Art Tür. Mit zunehmender Verstädterung wurden die gängigen, auf Angeln befestigten Türen von innen mit Riegeln oder mit einem Balken verschlossen, der von Wand

1. *Venus öffnet symbolisch die Tür der Geheimnisse. Holzschnitt aus* Le Théatre des bons engins *von Guillaume de la Perrière. Lyon, 1556.*

2. «Die Gelduld ist der Schlüssel zur Weisheit». Arabisches Sprichwort, türkische Kalligraphie.

zu Wand reichte. Später wurde dieser Balken am Türstock in Halterungen geschoben, den Vorläufern der Ringe, durch die zu einem späteren Zeitpunkt ein kleinerer Riegel paßte, der auch von einer einzigen Person bedient werden konnte. Der Riegel wurde also am Türblatt mittels im Holz verankerter Ringe befestigt, und er lief dann ebenso durch die Ringe am zweiten Türblatt oder in eine Öffnung in der Wand, so daß die Tür von außen nicht geöffnet werden konnte. Es mußte also jemand im Haus sein, um die Tür zu öffnen und zu schließen. Um diese Unbequemlichkeit auszuschalten, war es naheliegend, eine Öffnung im Türblatt anzubringen, um zunächst einmal mit der Hand, später dann mit einem Haken den Riegel von außen bedienen und die Tür öffnen und schließen zu können. Nun war es also möglich, die Tür von außen ebenso wie von innen zu öffnen und zu schließen. Zu diesem Zweck konnte man auch eine Schnur am Riegel anbringen und diese durch die Öffnung in der Tür nach außen leiten. Gegen unerwünschte Besucher war dies jedoch kein Schutz. Man mußte eine Möglichkeit finden, um den Haken – den primitiven Schlüssel – mit speziellen Rillen oder Vorsprüngen zu versehen, denen wiederum Vertiefungen oder Muster im Riegel entsprachen, so daß nur dieser spezielle Haken in der Lage war, die Tür zu öffnen. Mit bemerkenswertem Scharfsinn wurde diese Aufgabe im Lauf der Jahrhunderte auf verschiedene Weise gelöst.

Von den ältesten Vorrichtungen ist uns wenig überliefert: Ausgrabungen haben nur spärliche Fundstücke zutage gefördert, zeitgenössische Illustrationen sind oft undeutlich, und aus alledem geht die allgemeine Struktur der Schlösser und Verschlüsse nicht eindeutig genug hervor. In Fernost gibt es zahlreiche prähistorische Mythen und Legenden, in denen von Schlüsseln die Rede ist, und schlüsselähnliche Objekte im Alter bis zu 2000 Jahren wurden auch gefunden. Das chinesische Sprichwort «Wo eine Tür ist, gibt es auch einen Schlüssel» hat zwar eine eher übertragene Bedeutung (insoweit, daß es für jedes Problem eine Lösung gibt), doch auch für unseren Fall kann es als passend gelten. Was die postmesopotamische Periode betrifft, so hat man beispielsweise das Zepter auf einem achaiischen Siegel als Schlüssel interpretiert, obwohl es auch in anderen Darstellungen als Symbol eines beblätterten Zweigs zu erkennen ist, und in diesem Falle hätte man ein 3000 Jahre altes Dokument. Spekulationen dieser Art sind jedoch allzu gewagt: viele Persönlichkeiten in hethitischen und babylonischen Darstellungen haben lange und gebogene Objekte in Händen, die man auch für die Haken-Schlüssel der damaligen Zeit halten könnte. Als Knüppel, Waffen, Sicheln oder Hirtenstäbe sind sie jedoch plausibler und in diesem Zusammenhang auch als Machtinsignien logischer. Es fehlt jede Gewißheit dafür, daß es sich hierbei um Schlüssel handelt. Medische und persische Soldaten trugen vor 3000 Jahren ein Wappen mit zwei gekreuzten Stäben, und auch hier hat man eine Schlüsseldarstellung vermutet, doch die Hypothese ist allzu gewagt. Als sicherer gilt ein Holzbrettchen mit gebogenen Seitenarm, das in Khorsabad (30 km nördlich von Ninive) gefunden wurde und heute im archäologischen Museum zu Bagdad ausgestellt ist. Es ist vermutlich ägyptischen Ursprungs, doch auch hier wird nur spekuliert. Zweifellos gab es in der großen Stadt Bogazkale in der Türkei, Hauptstadt der Hethither um 1600 v.Chr., feste Riegel für die zahlreichen Türen und Pforten und stabile Vorhängeschlösser für die Schmuckkästchen, doch es gibt keine Fundstücke und keine sicheren Darstellungen zu den Schlössern so früher Zeit. Die sprachlichen Untersu-

3. Hölzerner Klinkenverschluß. Ràkos palota (Ungarn). Museum für Landwirtschaft.

chungen zum babylonischen Reich vor 4000 Jahren (die wir dem hervorragenden Philologen Onofrio Carruba verdanken) weisen darauf hin, das das Schloß als solches bereits damals gut entwickelt war. Überliefert sind die Begriffe *Sikkuru* (Riegel) und *sekru* (schließen); davon abgeleitet Sekiru (Schloßbauer), Sekretu (eine Klasse unberührbarer Frauen) und *Sekru* (verschlossen), wobei hier sicherlich eine Verbindung zum altarabischen *Skr* (schließen, analog *Sakkarat*, Schloß) herzustellen ist. Aus mesopotamischer Zeit stammen auch die Begriffe *Sigaru* für Kette, Schlaufe oder Holzverschluß. Aus dem Wort *Petu* für Öffnen entstanden später *Naptu* und *Neptu* für Schlüssel, das später zu *Naptetu* (Na/Epta), ebenfalls für Schlüssel wurde. Es entwickelten sich *Naptartu* (ein Schlüssel) und parallel dazu Naptaru: die Traumdeutung und schließlich der Freund und Vertraute. Schon in alter Zeit gab es also eine Verbindung zwischen dem Schlüssel als Objekt und dem Schlüssel als Symbol und geheimnisvolles Zeichen, eine Verbindung, die im alten Rom noch stärker entwickelt war. Andererseits kann uns eine ethymologische Querverbindung Aufschluß geben über die mögliche Verwandtschaft zwischen dem Riegel und einem älteren und noch primitiverem Verschlußsystem, wenn man die Wörter *Sikkuru* und *Sikkatu* nebeneinander betrachtet: nämlich der Pflock, der einfach von innen an Tür und Fußboden gekeilt wurde und den allereinfachsten Verschluß bildete. Aus *Petu,* Öffnen, wurde um 1000 v. Chr. der Begriff *Patar,* die Wurzel für das lateinische *Patens* (offen, klar, patent).
Das erste «Schloß» als solches bestand wahrscheinlich aus einer Bambusöse an der Tür, über die ein weiterer Bambusring am Türstock der Kornspeicher und Hütten gestülpt wurde. *Ab origo* waren diese Hütten aus geflochtenen Zweigen gefertigt, und hier liegt auch der Ursprung des nomadischen Begriffs für Architektur: *bastjan* (daraus *batir,* flechten). Ein kleiner Pflock wurde in die Öse geschoben und sicherte die Tür vor Tieren und Kleinkindern. Von außen konnte die einfache Vorrichtung nicht geöffnet werden. Der hierzu benutzte Pflock hatte genau die Merkmale, denen wir später

4. Eines der ältesten Verschlußsysteme: Ring und Öse aus Weidengeflecht mit einem Keil. Rajastan (Indien).

5. Rekonstruktion einer frühgeschichtlichen thrakischen Hütte mit Zweiggeflecht, der Verschluß besteht aus einer Weideöse. Garten des Archäologischen Museums in Edirne (Türkei).

auch bei den nadelförmigen Pflöcken oder Nieten an den ägyptischen, lakonischen oder römischen Schlössern wieder begegnen werden. Sie bestanden aus zwei Teilen: dem unbeweglichen Teil, in den der Riegel eingelegt wurde, wobei die Basis geeignete Löcher für den Pflock oder die Niete aufwies, und dem beweglichen Teil, der Riegel eben, in dem auch Löcher angebracht waren, die genau denen im festen Teil entsprachen. Bei geschlossener Vorrichtung paßten die Pflöcke durch die Löcher und der Riegel war blockiert. Man benötigte außerdem ein Werkzeug, an dem Erhebungen oder Zähne angebracht waren, die genau den Löchern im Riegel ent-

6
7
8

sprachen: damit konnte man die Pflöcke anheben und den Riegel frei bewegen. Die Pflöcke (die zunächst aus Holz, dann aus Bronze und schließlich aus Eisen gearbeitet werden) ruhten in den Löchern ebenso wie in der Schreinerkunst die Zapfen in ihrem Zapfenloch, und deswegen werde ich die Pflöcke am Schloß in Zukunft «Zapfen» nennen. Diese System in seiner primitiven Einfachheit wird heute noch von einigen afrikanischen Völkern benutzt, den Dogon und den Bambara, seltener ist es in Ägypten und im Sudan anzutreffen. Es handelt sich möglicherweise um die direkte, ununterbrochene Überlieferung der antiken ägyptischen Verschlußsysteme. Die spärlichen Darstellungen, die uns in einigen *Totenbüchern,* Fresken und anderen archäologischen Fundstücken überliefert sind (Truhen, Schreine, einige rituelle Schlüssel) weisen darauf hin, daß im alten Ägypten bereits verschiedene einfache Verschlußmechanismen angewandt wurden: ein Band, das zwischen zwei Knöpfen, einem auf der Truhe und einem auf dem Deckel, verknotet wurde; ein unter zwei Reitern verlaufender Riegel mit zwei eleganten Verdickungen, die ihn am Herausrutschen hindern sollten (beispielsweise die Kassette E 2773 im Louvre, Paris); Schlösser mit verschieden großen Riegeln, die man mittels spezieller Vorrichtungen von innen oder außen bedienen konnte; ein Siegel auf dem Knoten, der die beiden zu verschließenden Teile verknüpfte; ein hakenähnlicher Schlüssel, der in den Türstock eingeführt wurde und den Riegel wie ein einfacher Hebel anhob; ein Schlüssel mit Bart, der die Zapfen anhob; zuletzt auch die Kombination aus Schlüssel und Siegel. Für all diese Systeme gibt es Überlieferungen und Illustrationen: wunderschöne Riegel aus Ebenholz an der Schatztruhe Tutench-Amuns (1338 v.Chr.) und die vielen Beispiele aus dem Neuen Reich (1550–1070 v.Chr.); im *Westac-Papyrus* ist von der Dame Reddedet die Rede, die eine Truhe versiegelt, in der sie ein verschlossenes Kästchen verborgen hat; auf einem Mumiensarkophag aus dem 1. Jahrhundert v.Chr. (also bereits zu römischer Zeit) wurde der Gott Anubis mit einem dreibärtigen Schlüssel in der Hand dargestellt. Ein großer, gebogener Haken

9

schlüssel ist auf den Reliefs im Ammon-Tempel zu Karnak abgebildet (4000 v.Chr.), und das zugehörige Schloß wurde von Denon genauestens beschrieben. Von einem ähnlichen Schlüssel ist auch in der Beschreibung des Palastes von Korsabad in Mesopotamien die Rede.

  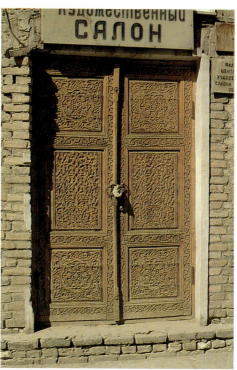

6. *Primitives Verschlußsystem mit Querscheit. Vasarély (Ungarn).*

7. *Verschluß mit Klinke und einfachem Schlüssel. Vlora (Griechenland).*

8. *Einfacher Verschluß mit Riegel. Dohuk (Nordirak).*

9. *Der Schlüssel als Symbol im Teppichmuster. Teppich aus Ladik (Türkei).*

10. *Verschluß mit Ring und Öse mit Keil (siehe Nr. 4) und zwei Ringen für das Dornschloß. Bagdat Kösük, 1638. Istanbul, Topkapi.*

11. *Tor mit Riegel und Schlupfpforte und Schloß. San'a (Nordjemen).*

12. *Tür mit Vorhängeschloß und Ösen. Bukhara (Usbekistan).*

Auch die magisch-symbolische Bedeutung des Schlüssels darf nicht außer acht gelassen werden: der ägyptische Priester besaß eine Reihe von Emblemen aus Bein, Holz oder Edelmetall, mit denen er die Mumie vor der Bestattung berührte; zuletzt wurde der Mund mit einem Schlüssel berührt. Der magische Gebrauch von Schlüsseln in ptolemäischer Zeit ist in den Riten des Hermes Trismegistos überliefert. Daher rührt auch die Beschreibung des Sternbilds Kassiopeia in den *Phänomenen* des griechischen Dichters und Astronomen Arato di Soli (315–240 v.Chr.), die später von Huetius wieder aufgegriffen wurde: «Die Sterne im Norden bilden den gekrümmten Teil des Schlüssels, die im Süden den Griff.» Auch in der Bibel heißt es «Auf deiner Schulter wird der Schlüssel zum Haus Davids ruhen.» Des öfteren ist in der Bibel von Balken, Riegeln und Schlüsseln as Gegenständen des täglichen Gebrauchs die Rede: im *Deuteronomium* (III,5), verfaßt um 640 v.Chr., in den *Richtern* (III,22-25), verfaßt 620 v.Chr., in *Nehemia* (III,3;VII,3), verfaßt 350 v.Chr.. Besonders bemerkenswert ist die Passage aus dem Buch *Richter,* wo die Rede von Eglon, König von Moab ist. Er herrschte über ein Gebiet Palästinas, das die vor kurzem eingetroffenen Juden gern für sich gehabt hätten. Der Hebräer Ehud konnte mit einer List in sein Zimmer gelangen und ihn töten. Dann «gelangte er durch ein Schlupfloch hinaus, nachdem er die Türen des Obergemachs hinter sich verschlossen und verriegelt hatte. Nach seinem Weggang kamen die Diener und bemerkten, daß die Türen zum Obergemach verriegelt waren. Sie meinten: «Er verrichtet gewiß in der kühlen Kammer seine Notdurft.» So warteten sie lange, lange Zeit. Niemand aber öffnete ihnen die Tür zum Obergemach. Sie holten sich also den Schlüssel *(mafteiah)* und schlossen auf; da lag ihr Herr tot am Boden.» (III,23-25). Eglon regierte etwa um 1200 v.Chr., doch geschrieben wurde die Passage um 620 v.Chr..

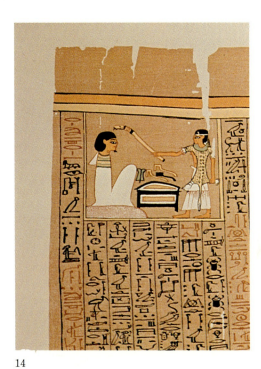

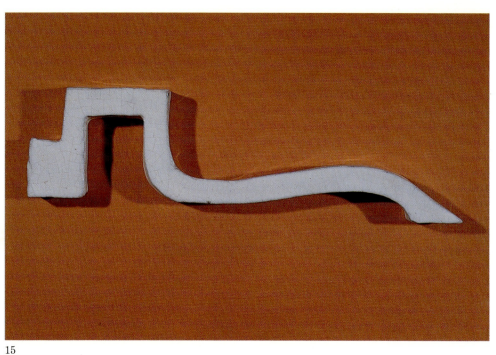

13. *Der Priester berührt den Mund der Mumie mit einem symbolischen Schlüssel. Totenbuch von Nebequed. 1400/1350 v.Chr. Paris, Louvre.*

14. *Kassette mit drei Schlüsseln. Ägyptischer Papyrus: Ka-Rolle. Berlin, Nationalmuseum.*

15. *Symbolischer ägyptischer Schlüssel aus Keramik, wahrscheinlich für eine Mosaikarbeit. Viertes Reich. Kairo, Archäologisches Museum.*

16

17

18

19

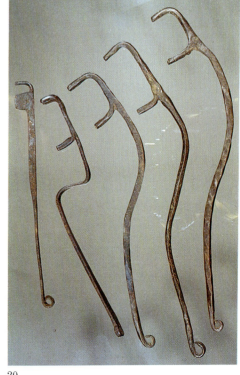
20

16. *Holzriegel für einen Kornspeicher der Dogon. Kano (Nigeria). Nicheletti-Stiftung.*

17. *Schloß der Römerzeit aus Sur Baher bei Jerusalem in Palästina. Der Schlüssel wurde von Charles Frémont rekonstruiert. Paris, Louvre.*

18. *Riegel der Dogon (Vorderansicht).*

19. *Riegel der Dogon (Rückansicht mit eingeführtem Eisenschlüssel).*

20. *Fünf Schlüssel der Dogon für Holzriegel.*

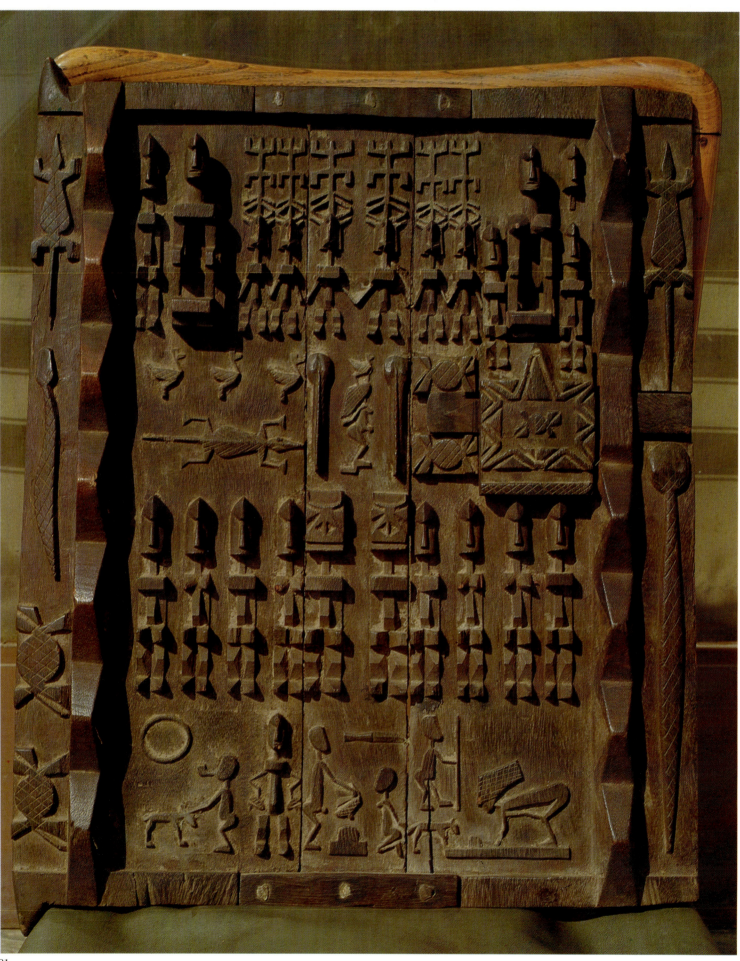

GRIECHENLAND

Im antiken Griechenland herrschte ein hochverfeinerter Kunstsinn, der auf Proportionen, Harmonie und der Anwendung des goldenen Schnitts basierte. Es wurde eine vollkommene Synthese der literarischen und philosophischen Kultur verwirklicht und durch die Hizuziehung der aus dem nördlichen Indien stammenden Theorien noch verfeinert. Entlang der damaligen Handelsstraßen und aufgrund der Eroberungen Alexanders des Großen konnten sich diese griechischen Eigenschaften in ganz Kleinasien ausbreiten. Bei der Vielfalt des zwischen Ost und West stattgefundenen Austausches ist es schwer festzustellen, woher die Griechen ihre Kenntnisse zur Herstellung von Schlössern erhielten und inwieweit sie selbstständig zur Entwicklung der verschiedenen Verschlußsysteme und -mechanismen beigetragen haben. Auch die mykenische Kultur (die ja eine Brücke zwischen der vorher geschilderten und der griechischen Tradition bildet) war bereits mit Schlüsseln und Schlössern vertraut. Der Begriff *Ka-Ra-Wi-Po-Ro*, «Schlüsselträgerin», ist ein Nachweis dafür. Er erscheint auf sieben Täfelchen, die im mykenischen Palast zu Pylos gefunden wurden – und nur auf diesen. Diese Täfelchen stammen ungefähr aus der Zeit von 1230 bis 1210 v.Chr., und dank der freundlichen Mithilfe der Philologin Celestina Milani können wir hier auch die entsprechenden Codices anführen: Eb 338; Ep 704; Udu 6; Vn 48; Al 10; Ed 317; Ju 829. Andererseits hatte auch Heinrich Schliemann, der von 1874 bis 1876 in *Mykene* Ausgrabungen durchführte, notiert: «Die Mykener kannten das Eisen, denn ich habe einige eiserne Messer und einige seltsam geformte Schlüssel gefunden. Einer davon ist sehr dick, 5,6 Zoll (14,2 cm) lang und vierbärtig. Am anderen Ende ist ein Ring zum Aufhängen angebracht.» (H. Schliemann, Mykenae. Leipzig, F.A. Brockhaus, 1878). In diesem Fall lassen sich die Fundstücke jedoch nicht überprüfen, und die Datierung bleibt ungewiß. Was die Griechen betrifft, so gilt es als sicher, daß bereits die Dorer mit Schlüsseln umgingen (die Bezeichnung lautete *Kleis*, vom protohellenischen *Klu*, hieraus wiederum das lateinische *clavis* und der archaische Name *clavos* für Nagel), wofür es umfangreiche literarische Nachweise gibt. Homer (von dem einige meinen, er habe im IX. Jahrhundert gelebt, andere setzen eher 750 bis 720 v.Chr. an) erwähnte den Schlüssel in der Odyssee: Penelope löst die Verschnürung, die den Riegel von außen sichert; oder sie tritt auf die Schwelle und nimmt einen schönen geschwungenen Schlüssel mit elfenbeinernem Griff in ihre starke Hand ... ebenso wie in der *Bibel*, wird auch in der *Ilias* und in der *Odyssee* mehrmals der Balken genannt, der die Tür von innen sicherte. Das Stadttor zu Troja hatte einen Riegel, der nur von drei Männern bewegt werden konnte. Auch Euripides spricht in den *Trojanerinnen* (415 v.Chr.) von Schlüsseln. Aristophanes legt den *Weibern beim Feste der Demeter Thesmophoros*, deren Männer sich unangenehmerweise lakonischer Schlüssel bedienten, folgende Sätze in den Mund: «Was wir vorher tun konnten, als wir Schatzmeisterinnen und Verwalterinnen waren, heimlich Gold, Mehl und Wein zu nehmen, das können wir jetzt nicht mehr tun, weil die Männer mit sich gewisse verfluchte dreibärtige Schlüsselchen herumtragen, in Sparta hergestellt.» Von derartigen Schlüsseln ist auch bei dem Athener Perikles die Rede (um 495–429 v.Chr.), und ebenso bei einem Römer, Plinius dem Älteren (23–79 n.Chr.) in seiner *Naturalis Historia*. Er schreibt die Erfindung des Schlüssels dem Griechen Theodorus von Samos zu, der 600 v.Chr. gelebt hatte. In Griechenland hatten sich also zwei Arten von Schlüsseln entwickelt: der archaische, hakenförmige Schlüssel und der Bartschlüssel lakonischen Ursprungs. Ein hervorragendes Beispiel des ersten Typs aus dem 5. Jahrhundert v.Chr. findet sich im Bostoner Museum der Schönen Künste. Es stammt aus dem Artemis-Tempel in Lusoi, Arkadien. Er ist aus Bronze gefertigt und trägt die Inschrift: ΤΑΣ ΑΡΤΑΜΙΤΟΣ – ΤΑΣ ΕΝ ΛΟΥΣΟΙΣ≦ Weitere ähnliche Schlüssel wurden im Heraion in Argos gefunden. Der Archäologe und Finder Charles Waldenstein ist der Meinung, sie seien noch vor dem Brand des Ersten Tempels (423 v.Chr.)

21. *Tür zu einem Kornspeicher der Dogon. Rechts der reichverzierte Riegel. Die Reliefdarstellungen haben apotropäischen Charakter und stellen den Verschluß des Kornspeichers und den Riegel unter den Schutz der Geister.*

22. *Der Gott Anubis mit einem gezahnten Schlüssel in der Hand. Verzierung eines ägyptischen Sarkophags aus griechisch-römischer Zeit. 1. Jahrhundert. Berlin, Nationalmuseum.*

23

24

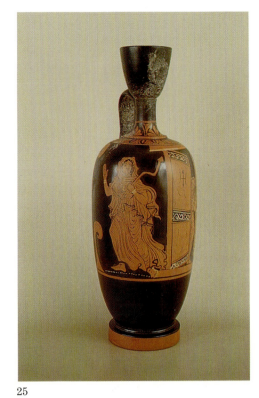
25

26

23. *Leykthos mit roten Figuren, eine Dame öffnet eine Tür mit einem großen Schlüssel. Athen, Savokas-Stiftung.*

24 – 25. *Zwei Ansichten eines griechischen Leykthos mit roten Figuren. Eine Dame tritt aus einer Tür und trägt einen Tempelschlüssel über der Schulter. Istanbul, Archäologisches Nationalmuseum.*

26. *Felsfries aus der Nekropole Demre (Türkei) mit Darstellung einer Frau mit symbolischen oder Votivschlüssel und einem Tempelschlüssel.*

27. *Tür aus dem Grab Pilipps von Makedonien, dem Vater Alexanders des Großen. Tehssaloniki (Griechenland). Archäologisches Nationalmuseum.*

28. *Großer Bronzenschlüssel aus dem Artemis-Tempel in Lusoi, Arkadien. Boston, Museum der Schönen Künste.*

27

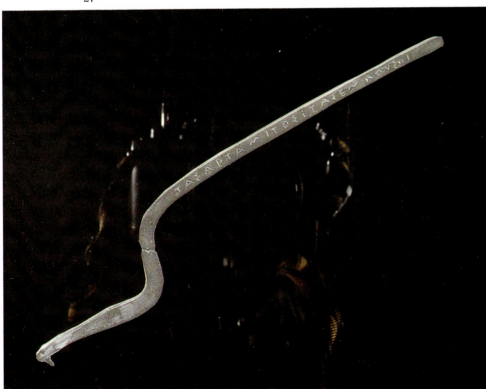

28

entstanden. Da sie so groß und schwer waren, trug man sie auf der Schulter, wie man an einer Kallimachos-Statue aus dem 5. Jahrhundert v.Chr. sehen kann. Die Schlüssel wurden so zu einer Art Abzeichen der Priesterwürde. Für Euripides war der Besitz des Tempelschlüssels gleichbedeutend mit der höchsten Priesterwürde; und die Grabstele der Priesterin Habryllis aus *Mykene* (2. Jahrhundert v.Chr.) ist zum Zeichen ihrer Würde mit einem großen, eingemeißelten Tempelschlüssel verziert. Was die «lakonischen» Schlüssel angeht, so ist diese Bezeichnung vermutlich unrichtig: ein entsprechendes System war im gesamten Mittelmeerraum verbreitet und wurde wahrscheinlich auch nicht in Lakonien (*Nomos* der peloponnesischen Region, deren Hauptstadt Sparta war) erfunden. In Ägypten gab es ja bereits früher entsprechende Schlüssel, die vielleicht, wie viele andere technische Artefakte, aus dem Hindustal hierher gelangt waren. Die griechische *Koiné* entsprach den territorialen Verbreitungen, die auch in der Architektur erkennbar waren (dorisch, ionisch, korinthisch). Wenn überhaupt, dann müßte man Ionien als Erfindungsort angeben, denn es bildete die ideale kulturelle Verbindung zwischen Asien und Europa. Schlüssel wurden jedenfalls in ganz Griechenland gefunden. David M. Robinson fand im Jahre 1941 auch in Olynthos viele eiserne Schlüssel, der 379 v.Chr. zerstörten griechischen Stadt. Sie sind im Schnitt 10–12 cm lang und drei- oder vierbärtig (David M. Robinson: *Excavations at Olynthus.* Baltimore Md., J. Hopkins Press, 1941). Der kostbare Schatz des Philipp, Vater Alexanders des Großen, enthielt außer Silbervasen, Kronen und Goldschmuck, eisernen Modellen von Wägen und Kutschen auch kunstvolle Schlüssel lakonischer Machart (Thessaloniki, Archäologisches Museum).

FRÜHE EISENZEIT

In den frühen Siedlungsgebieten an den Schweizer Seen, die ursprünglich aufgrund eines Interpretationsfehlers «Pfahlbaudörfer»

29. *Keltischer Schlüssel aus Grab 277. Um 750 v.Chr. Este, Nationalmuseum.*

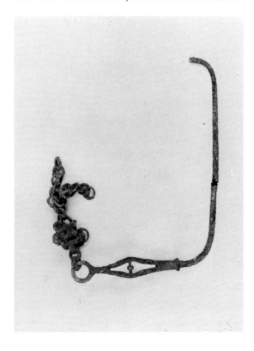

genannt worden waren, wurden viele Schlüssel aus der späten Bronzezeit (etwa 1000 bis 800 v.Chr.) gefunden. Generell haben diese Schlüssel die Form langer Stäbe, gebogen oder mit einem oder mehreren Winkeln, mit Griff oder Ring und manchmal auch mit einer Kette am Griff versehen (selten auch mit einer Art Figur verziert); vorne haben sie einen oder mehrere Bärte oder einen Haken. Diese Schlüssel waren eher einfach in ihrer Machart, vergleichbar mit den griechischen Schlüsseln aus ähnlicher Zeit. Die Verbreitung des Eisens im Siedlungsgebiet der Kelten ist insofern interessant, als die nomadischen Völker aus den Steppen Zentralasiens aufgrund ihrer besonderen Eigenschaften auch in Europa eine bemerkenswerte Kunst der Eisenverarbeitung entwickelten. Die Hallstattzeit oder frühe Eisenzeit (750–450 V.Chr.) war bereits reich an hervorragenden Manufakten. In der Hallstatt-Region selbst wurden keine Schlüssel gefunden, doch in vielen anderen Regionen, beispielsweise in Este (Italien). Besonders interessant sind die in Este gefundenen Grabbeigaben aus dem Grab Nr. 277, darunter ein 46 cm langer Schlüssel, der mit großer Wahrscheinlichkeit um das Jahr 730 v.Chr. zu datieren ist. Andere in diesem Gebiet gefundene Schlüssel stammen ebenfalls aus Gräbern, und die Vermutung liegt nahe und wird auch von Elisabetta Baggio, der Leiterin des Este-Museums, vertreten, daß diese Schlüssel außer ihrem eigentlichen Zweck auch noch sakrale Bedeutung gehabt haben könnten. Ein 41 cm langer, um das Jahr 600 v.Chr. datierbarer Schlüssel wurde in Santa Lucia (heute Most-na-soci) in Jugoslawien gefunden, und weitere, bis zu 19 cm lang, an der Fundstätte Möriken am Kenstenberg in der Schweiz. Aus der La Tène-Periode oder späteren Eisenzeit (450–58 v.Chr.) stammen so viele für uns interessante Fund-

stücke, daß man von einer «Schlüsselkultur» sprechen kann. Die Formen der Schlüssel waren bereits komplexer, die Längen variierten zwischen 6 und 30 cm. Oft waren Bärte angebracht, ähnlich wie bei den sogenannten lakonischen Schlüsseln; oder ein langer S-förmiger Stiel, oder mehrere Winkel für ein schwieriges Einführen ins Schloß. Der Mechanismus sah einen Bart vor, aber es ist nicht immer feststellbar, ob der Bart nun dazu diente, in bestimmte Vertiefungen am Riegel einzurasten oder um die Zapfen (oder Pflöcke oder Zinken) anzuheben. Erstmals tauchte auch der ankerförmige Schlüssel auf, mit zwei langen, dem Griff zugewandten Bärten, ein Schlüsseltyp, der über 1000 Jahre lang in Verbreitung blieb (bis zum XI. Jahrhundert). Ein Bronzeteller aus Montebelluna (Stadtmuseum Vicenza) trägt die Darstellung einer Frau mit einem Schlüssel in der Hand, der an die Schlüssel aus La Tène erinnert, ebenso auch an den, den Anubis auf einem ägyptischen Sarkophag aus dem 1. Jahrhundert in der Hand trägt (Nationalmuseum Berlin). Ein wichtiger Fundort ist auch das Oppidium in Manching, Deutschland. Hier wurden außer Schlüsseln erstmals auch Teile von Schlössern gefunden.

30. *Bronzeschlild von Montebelluna mit Darstellung einer Frau, die einen keltischen Zahnschlüssel in den Händen hält (siehe nebenstehende Zeichnung) IV/III Jahrh. v.Chr. Treviso, Stadtmuseum.*

Die Hypothesen zur Funktion der Schlüssel konnten bestätigt werden. Gefunden wurden alle bisher berücksichtigten Schlüsseltypen: Schlüssel, mit denen eine Hebelwirkung auf den Querbalken ausgeübt wurde; Bartschlüssel, um die Zapfen anzuheben; Schlüssel mit einem primitiven gebogenen Bart; Ankerschlüssel. Es wurde auch ein sehr komplizierter und seltener Schlüssel gefunden: ein langer, pfeilförmiger Nagel mit zwei Lamellen, die von der Spitze ausgehend in Form eines Schwalbenschwanzes verlaufen: vielleicht wurde der Schlüssel durch die Tür und den Querbalken geschoben, worauf sich dann die Federn ausdehnten und den Nagel fixierten. Um ihn herausziehen zu können, wurde dann der eigentliche Schlüssel durch ein darunterliegendes Loch geschoben: ein langer Stab mit gebogener Spitze, in der ein viereckiges Loch angebracht war. Hiermit konnte der Nagel festgehalten werden, die Lamellen zusammengedrückt und der Nagel herausgezogen. Dieses Prinzip war vielen Nadelschlössern in Asien und später in Europa gemeinsam, und es ist deswegen anzunehmen, daß das Exemplar aus Manching zu einem großen Vorhängeschloß gehörte, das den Schlössern der zentralasiatischen Steppe ähnlich war. Die anderen Schlüsseltypen aus Manching fanden in der keltischen Welt große Verbreitung. Johann Nothdurfer hat die Schlüssel in vier Klassen eingeteilt und sich dabei nach dem Griff gerichtet (*Die Eisenfunde von Sanzeno im Nonsberg.* Mainz/Rhein, Von Zabern, 1979). Alle Schlüsseltypen fanden in Europa Verbreitung, von Ungarn (Gräber von Tiszajeno-Kecskéspart) bis nach Sardinien (Chilivani).

30

31

32

31. *Keltischer Eisenschlüssel aus dem Oppidium in Manching. 1. Jarh. v.Chr.*

32. *Eisenschlüssel aus den Ausgrabungen von Heiselhaim. 1. Jahrh. v.Chr. Ingolstadt, Von Rieger-Museum.*

ROM

Die hüttenförmigen Urnen aus der Villanova-Zeit, die in Italien häufig gefunden wurden (Beispiele im Archäologischen Museum, Florenz) haben eine kleine Tür, die mit einer langen Stange verriegelt ist. Von diesem Riegel ist der Weg nicht mehr weit zu einem Vorhängeschloß, das durch eine Öse am Ende des Riegels geführt wird, so daß dieser nicht mehr bewegt werden kann. Ähnliche Verschlüsse gab es an den kleinen Urnen aus Festos (Kreta). In der Etruskersiedlung bei Marzabotto wurden

34

33. *Keltischer Ankerschlüssel, gefunden in Augsburg.*
34. *Drei römische Schlüssel mit L-förmigen, nach oben gerichteten Zähnen.*
35. *Zwei Riegel mit Öffnungen für die zugehörigen Schlüssel.*
36. *Römischer Schlüssel mit zweibändigem, rechteckigem Mechanismus.*
37. *Römischer Ringschlüssel.*
38. *Römischer Schlüssel mit gewundenem Halm und zweizahnigem Bart.*
39. *Zwei römische Schlüssel mit Schubfunktion.*
40. *Zwei L-förmige römische Schlüssel.*

33

viele Nadeln mit Haken und lakonischen Zähnen sowie gebogene und verwinkelte Stifte gefunden, die man für Schlüssel halten kann. Die Römer dehnten im Gegensatz zu diesen beiden früheren Völkern ihre Herrschaft und ihre Dominanz im Handel auf die Produktions- und Verbrauchsgebiete sämtlicher Waren aus. Sie beseitigten die Konkurrenz und schufen ein weites Reich, ein weites Netz an internationalen Handelspartnern. Von Anfang an wurde von den Römern das Siegel als Eigentumszeichen eingeführt, und mit dem Siegel sämtliche Merkmale, die dazugehörten (Achtung vor dem Siegel, Markenbewußtsein, Garantie für den Inhalt usw.). Die Römer kennzeichneten Ziegelsteine mit dem Siegel, um ihre Herkunft klarzustellen, den Verschluß der Wein- und Ölkrüge, um die Qualität des Inhalts sicherzustellen, und ein Siegel wurde von Händlern und Käufern immer respektiert. Das Siegel wurde am Finger getragen, in Stein geschnittene Siegel wurden in den Ring eingesetzt oder metallene gleich mit dem Ring geschmiedet. Die römischen Matronen versiegelten ihre Schmuckkassetten, und später ging man dazu über, Siegel und Schloß parallel zu benutzen, noch später dann trug man den Schlüssel am Ring, so wie früher das Siegel. Es wird sogar angenommen, daß der Römer, der seiner Ehefrau einen Ring mit Schlüssel zum Zeichen ihrer Macht über das Haus schenkte, überhaupt die Tradition des Ringschmuckes für die Braut begründet haben könnte. Hier können allerdings nur Hypothesen aufgestellt werden. Der Kontakt mit der griechischen Welt einerseits und mit den keltischen Völkern im Norden andererseits, die in der Eisenbearbeitung erfahrener waren, versetzte Rom in die Lage, sämtliche Techniken zu übernehmen und zu vervollkommnen. Bei der Herstellung von Schlüsseln sind sämtliche Varianten vertreten, von den großen, halbmeterlangen Tempelschlüsseln bis zu den ganz einfachen Haken aus der frühen Eisenzeit, ebenso auch die 10–15 cm langen lakonischen Schlüssel. Die Römer verbesserten vor allem diesen Typus, und so entstand der ringförmige Griff oder Reide, bis heute ein typisches Merkmal vieler Schlüssel. Die Schlösser und Bärte wurden auch verbessert und komplexer gestaltet, und es gab viele verschiedene Mechanismen. Von der ersten Art, die mit der Hebelwirkung arbeitete und die ein komplexes, horizon-

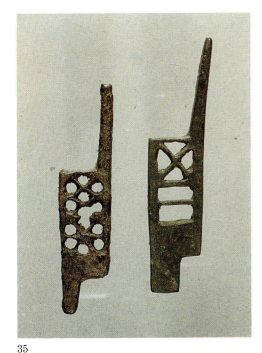

35

37

tales Muster aufwies, gab es:
a) Schlüssel mit Zähnen;
b) Schlüssel mit Zähnen und Blatt;
c) Schlüssel mit Blatt; oder mit Blatt und Zähnen in T- oder L-Form. Von der zweiten Art, bei der der Schlüssel gedreht wurde und die vor allem für Schreine und Truhen Verwendung fand, gab es sowohl solche mit Zahnstange als auch solche mit Anhebung der Sperren. Typisch war der Schlüssel mit durchlöchertem Blatt, der ins Schlüsselloch eingeführt wurde und einen Dorn anhob, der mit dem Riegel auf der Innenseite verbunden war. Dieses Sperrklinkensystem wurde bis ins 18. Jahrhundert hinein vor allem in Frankreich bevorzugt (loquet à la cordelière, à poussoir, à la capucine). Ähnlich funktioniert der Schubschlüssel, der vor allem für Vorhängeschlösser und Stöcke verwendet wurde und sich in den folgenden Jahrhunderten im Orient ausbreitete. Bei den Tourenschlüsseln gab es bereits Hohldorn- und Volldornschlüssel. Die Verzierung des Griffs oder der Reide war teilweise sehr dekorativ mit Löwenköpfen, Streben und anderen sichelförmigen oder verschnörkelten Motiven. Die Bronzeschlüssel wurden mittels der sogenannten «verlorenen Wachsform» gegossen, doch teilweise waren auch nur die Halme aus Eisen und die Griffe aus Bronze. Obwohl der Übergang von hölzernen zu bronzenen Riegeln,

36

38

39

40

41

die ja beispielsweise für Schmuckkassetten viel kleiner gearbeitet werden konnten, etwa zur Zeit des Kaisers Augustus angesetzt wird, gab es bis in die Spätzeit hinein immer noch Schlüssel aus Edelhölzern, Bein oder Elfenbein. Zun den Fundstücken aus der Römerzeit zählen viele Exemplare kleiner Riegel mit Lochmuster, in das dann die Zähne der jeweiligen Schlüssel paßten. Es gab hier eine Vielfalt an Möglichkeiten für die Anordnung der Löcher und Zähne. Zu den Tourenschlüsseln sind auch vollständige Schlösser erhalten, das schönste ist meiner Meinung nach das in Madrec, Kreis Haskovo aufgefundene (Stara Zagora, Bulgarien, Historisches Museum, Inv.Nr. 2SZ 131-7a). Es stammt aus dem 2. Jahrhundert, war eine Grabbeigabe und bestand aus einer quadratischen Fläche mit 14,5 cm Seitenlänge und darüber einer Scheibe mit 12 cm Durchmesser. Auf der Scheibe erkennt man verschiedene Löcher und Vertiefungen; um das Schlüsselloch herum ist ein Rahmen mit Eckverzierungen, während auf der Scheibe zwei Frauenköpfe mit Locken und Stirnbändern angebracht sind. Auch an das römische Mädchen Crepereia Tryphaena möchte ich erinnern, das

mit seinen Spielsachen bestattet wurde. Es hatte eine Puppe bei sich, an deren Finger wir heute noch einen winzigen Schlüsselring bewundern können, vielleicht den kleinsten der Welt (0,5 cm Durchmesser). Seine winzigen Zähnchen öffnen das Schloß des kleinen Schreins, der ebenfalls zum Spielzeug gehört. Die römischen Schlosser waren sehr geschickt: gefunden wurden auch extrem kleine Vorhän-

42

geschlosser mit 3, 4 oder 5 cm Länge, deren Mechanik vollkommen und makellos funktioniert, also fast schon eine Goldschmiedearbeit. Aus Pompeij stammt das komplizierte Vorhängeschloß, das heute im British Museum in London zu bewundern ist. Was den mechanischen Erfindungsgeist angeht, so müssen wir auf das Schloß des Romulustempels auf dem Forum Romanum hinweisen. Um einen gezahnten Dorn herum, der sich in der Mitte befindet und in dem sich, hinter einer der dekorativen Rosetten des bronzenen Türstocks, das Schlüsselloch befindet, dreht sich der gezahnte Teil des senkrechten Riegels und gleichzeitig der waagrechten Stange (pessulus). Zwei weitere Aspekte dürfen nicht ausgelassen werden: literarische Hinweise und die Symbolik des Schlüssels. Titus Maccius Plautus (ca. 255–184 v.Chr.) spricht in seiner *Mostellaria* (1. Akt, 1. Szene) und im *Amphytrion* (2. Akt, 2. Szene) von Schlüsseln; Lucius Apuleius (125–180 ca.) in seinem *Goldenen Esel* (oder den *Metamorphosen*). In der Zeitspanne zwischen diesen beiden Autoren kann man Hinweise aller Art finden, vor allem wenn man die symbolische Bedeutung berücksichtigt, die dem Schlüssel im antiken Rom beigemessen wurde: Janus hatte die Schlüssel zur Erde, Portunus die zum Meer, Saeculus (oder Saturnus) besaß die Tempelschlüssel, Hekate, die die Macht über die Seelen der Verstorbenen innehatte, hält in einer ihrer vielen Hände einen Schlüssel und hat manchmal auch Schlüsselringe an den Fingern, die die Verbindung zwischen Tod und Leben symbolisieren. In ihrer Verkörperung als Hekate Aphrodisia trägt sie die Symbole der Geißel, des Dolches, der Fackel und des Schlüssels, mit dem sie den Hades auf- und zuschließt. Carl Gustav Jung schrieb über sie: «Sie ist die Mutter aller Zauberkünste und aller Zauberinnen, die Schutzgöttin Medeas, denn die

43

Macht der furchterregenden Mutter, die im Unbewußten wirkt, ist unwiderstehlich.» (in «Wandlungen und Symbole der Libido», 1911). Aus diesem Grund wurde der Schlüssel als Motiv in verschiedenen römischen Mysterienriten verwendet, die wie der Isiskult ägyptische und klassische Auffassungen vermischten.

41. *Römischer Sarkophag mit Darstellung einer Schneiderwerkstatt. Unten rechts ein Schloß. 1. Jahrhundert. Aquileia, Nationalmuseum.*
42. *Römischer Sarkophag mit Darstellung einer Tür (der obere Teil aus armenischer Zeit). Unten rechts ein Schlüssel. Ankara (Türkei). Nationalmuseum des römischen Bades.*
43. *Römischer Schildschlüssel. Paris, Museum Bricard.*
44. *Der schöne Tigran, Türhüter in Aulus. Sklave mit Torschlüssel auf der Schulter. Mosaik aus Tarsos. 3./4. Jahrhundert. Adana (Türkei). Regionalmuseum.*

45. Hekate Aphrodisia mit einem großen gezahnten Schlüssel in der linken Hand. Römische Skulptur aus dem 2. Jahrhundert. Rom, Palazzo dei Conservatori.

46. Gallisch-römischer Schlüssel mit großer Reide aus der Kaiserzeit. Rouen, Museum Le Secq des Tournelles.

47. Römischer Schlüssel mit antenförmiger Reide.

48. Römischer Schlüssel mit doppeltem Bart.

49. Römischer Schlüssel mit eisernem Bart und bronzener Reide in Laternenform, Guß mit verlorener Form. Paris, Museum Bricard.

50. Römischer Schlüssel mit hohem, rochenförmigem Kupferreide aus Trier.

51. Römischer Schlüssel für Vorhangeschloß.

52. Römischer Schlüssel mit verwinkeltem Halm und drei Zähnen.

49

50

51

52

DER ISLAM

In den ersten Jahrhunderten bildete der Islam eine ideale Brücke zwischen dem Prunk Roms und dem der Gotik. Zwischen dem 9. und dem 12. Jahrhundert übte der neue Glaube aufgrund der Kreuzzüge und des regen Handels in Europa einen wichtigen Einfluß aus. Das Osmanische Reich übernahm später diese Tradition und führte sie fort. Auch in der Schlosserkunst schlug sich dieser islamische Einfluß nieder. Die Geschichte des Islam kann man in zwei Phasen gliedern. Die arabische Phase der Eroberung und Verbreitung unter den Vier Kalifen, den Omajjaden und den Abbasiden (622–969) übernahm lediglich die Hauptaspekte der Spätantike. Die zweite Phase, in der die Macht auf die Völker Zentralasiens (Türken, Perser, Afghanen, Inder), Nordafrikas (Ägypter, Mauren, Maghrebiner) und Andalusiens überging, war die Zeit, in der endlich die Kunst, die Kultur und die Wissenschaft entstanden, die den Islam kennzeichnen. Die türkischen Völker hatten hierbei die Vorherrschaft und verschmolzen die Kunst der asiatischen Steppen mit der byzantinischen Tradition. Auf demselben Weg verbreitete sich in Asien auch das Vorhängeschlß mit Dorn und Schubschlüssel, und dies hängt vermutlich mit der Ausdehnung des Karawanenhandels zusammen, der auf den zahlreichen Handelsstraßen, vor allem aber auf der berühmten *Seidenstraße* Asien in allen Richtungen durchquerte. Die «hermetischen Schlösser» mit ihrem spezifischen Ritual betrafen vor allem die Tore der Karawanserails, der Herbergen, mehr noch als die Stadttore selbst. Ein Karawanserail war eine bestens organisierte gesellschaftliche Einrichtung, die dazu beitrug, unter den türkischen Völkern eine ökumenische Kultur und eine aufgeklärte Toleranz zu schaffen. Der Schriftsteller Evliya Çelebi (1608–1657) berichtet in seinen *Reisen* davon: «Wenn der Abend dem Ende zugeht, wird der Torschluß durch Schlagen der *kös* (Trommel) angekündigt...» Während der Nacht gewähren die Wächter den Reisenden Zutritt, geben ihnen zu trinken und zu essen; niemand darf jedoch hinaus, und wenn es um sein Leben geht. Am Morgen, nachdem alle Gäste wach sind, wird wieder der *kös* geschlagen und alle werden dazu aufgerufen, ihr Gepäck zu überprüfen. Die Angestellten fragen: «Hat jeder seine Sachen, sein Leben, sein Pferd, sein Kleid?» Die Gäste antworten dann: «Alles in Ordnung. Gott segne die Wohltätigen.» Dann nehmen die Wächter ihre Schlüssel zur Hand, öffnen das Tor und geben noch Ratschläge mit auf den Weg: «Gebt acht, seid nicht zerstreut, benehmt euch gut, seid nicht jedermanns Freund. Gott sei mit euch.» Und so macht sich jeder wieder auf den Weg. Außer dem Vorhängeschloß war die kostbare Elfenbeinkassette typisch für den Islam, das äußerst sorgfältig gearbeitete Schmuckkästchen, Vorläufer ähnlicher Kassetten in der internationalen Gotik. In der islamischen Welt kommt der erste Platz in der Geschichte der Schließkunst den Vorhängeschlössern zu, die die Kaaba, das Heiligtum in Mekka, sicherten. Es handelt sich um wunderbar gearbeitete und verzierte Kunstwerke mit langen, ausführlichen Inschriften, die

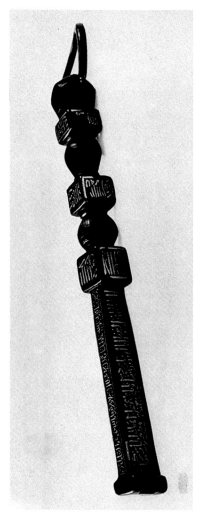

53

53. *Schlüssel zur Kaaba aus Bronze und Silber (1363/1364). Geschenk an die Kaaba von Sultan Shaban II. Länge etwa 34 cm. Kairo, Museum für islamische Kunst.*

54. *Sufi-Vers über den Schlüssel in türkischer Kalligraphie. (Übersetzung auf S. 149).*

55. *Abdallah, Vater des Propheten Mohamed, beim Öffnen der Tür der Kaaba in Mekka. Türkische Miniatur. Istanbul, Bibliothek des Topkapi Sarayi Muzesi.*

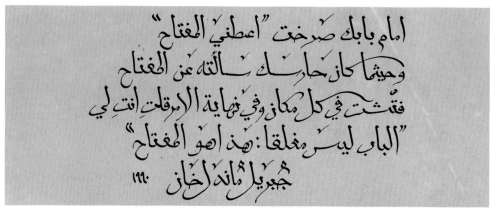

54

ایتدی ایھی سیّدی و مولایی سزطانقا اوغل و سنك ملككر
طانق اولسون اکربنم اون اوغلم اولورسه برینی سنك یولکده

قربان ایدیم و فدا ایلیه‌یم ددی عهد ایتدی و نذر قلدی
اندن اونه کلدی دورت یکا کشیلر ویربدی اولوکشیدر قزلرین

56

die Bedeutung des Geschenks beschreiben, das nur der Kalif oder ein anderes Oberhaupt einer Dynastie überreichen durfte. Die feierliche Überreichung eines neuen Schlosses – die mit der Krönung eines neuen Herrschers zusammenfiel – wurde zum Symbol der Machtübernahme schlechthin, denn mit dieser rituellen Handlung wurde die religiöse mit der zeitlichen Macht verknüpft, ein Privileg, das nur dem Kalifen allein zustand. Die Tradition des islamischen Kunsthandwerks und die entsprechende Verbreitung der ähnlichen Typen in der gesamten antiken Welt ermöglichen es uns, das ursprüngliche Modell auch in weniger antiken Exemplaren zu bewundern. Aus der geschichtlichen Überlieferung ist bekannt, daß der Abbasidenkalif alMu'tasim der Kaaba im Jahre 834 ein goldenes Schloß übergab. Ein silbernes Schloß für die Tür zur Terrasse stammt aus dem Jahre 851 und vom Kalifen Mutawakkil. Die fast vollständige Sammlung dieser kostbaren Kunstwerke ist heute im Topkapi Sarayi Muzesi in Istanbul zu bewundern. Sie umfaßt sieben Schlüssel aus der Zeit von 1160 bis 1225; ein Schloß und neun mamelukische Schlüssel aus der Zeit von 1261 bis 1402; außerdem acht ottomanische Schlösser aus der Zeit von 1509 bis 1646, der Blütezeit dieser Kunst. Es gibt noch weitere bescheidenere, teilweise hölzerne Schlösser zu sehen, die denen ähnlich, die heute noch die Tore der Ghuta-Gärten in Damaskus verschließen. Ein reichverzierter Schlüssel, Geschenk des Sultans Farag um 1399, ist im Louvre in Paris aufbewahrt.

56. *Elfenbeintruhe mit elegantem Schloß aus dem 9. Jahrhundert. Paris, Louvre.*

57. *Vorhängeschloß für die Tür der Kaaba, Geschenk des türkischen Sultans Ahmed I. Istanbul, Topkapi Sarayi Muzesi.*

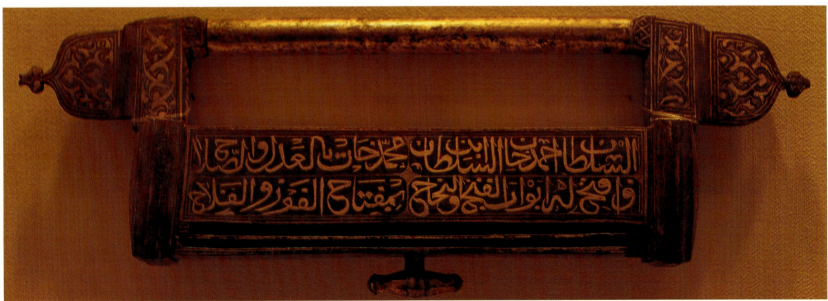

57

ABBILDUNGEN VON BYZANZ ZUR ROMANIK

58. *Der Heilige Petrus bietet symbolisch die Schlüssel an. Byzantinische Mosaik um 480. Ravenna, Mausoleum der Galla*

Der Schlüssel war bereits zur Römerzeit bekannt, und als vollkommenes Instrument zum Öffnen und Schließen, zum Sichern von Geheimnissen, wurde er in der Frühgeschichte zum Zeichen und zum Symbol. Die Stele der mykenischen Priesterin Habryllis in Athen stammt etwa aus dem 1. Jahrhundert und stellt einzig und allein einen großen Tempelschlüssel als Symbol ihrer Würde dar. Eine ähnlich symbolische und auf Zeichen reduzierte Darstellung finden wir in der byzantinischen Kunst wieder, wo in den Mosaiken ein Evangelium als Symbol Christi auf dem Thron abgebildet ist; das gleiche Konzept wurde auch in Asien angewandt (in Indien ist z.B. ein Turban auf dem Thron Symbol für Buddha selbst). Hekate, die verhängnisvolle Göttin, die Herrscherin über Himmel, Erde und Meer, die Spenderin von Glück und Sieg, deren Kult zu den orphischen Geheimnissen gehörte, zählte den Schlüssel zu ihren Symbolen. In Europa wurde der Schlüssel dann mit gutem Grund zum Symbol einer figürlichen Darstellung der berühmten Stelle im Matthäus-Evangelium (XVI,19): «Dir will ich die Schlüssel des Himmelreiches geben. Was du binden wirst auf Erden, das soll auch im Himmel gebunden sein; und was du lösen wirst auf Erden, das soll auch im Himmel gelöst sein.» Außerdem wurde eine rätselhafte Stelle in der Geheimen Offenbarung (III,7) zur Quelle der Inspiration bis hin zu den Meisterwerken von Albrecht Dürer: «Das sagt der Helige, der Wahrhafte, der den Schlüssel Davids hat, der öffnet, und niemand schließt zu, der zuschließt, und niemand öffnet.»

Dem Apostel Petrus als Gründer der Kirche wurde dann, vor allem in der Ikonographie des 16. und 18. Jahrhundert, ein zweibärtiger Schlüssel überreicht. Worauf geht diese Darstellung zurück? Ich glaube, daß das Mosaik im sogenannten Mausoleum der Galla Pla-

59

60

61

62

63

cidia in Ravenna, das um 480 herum datiert wird, eine der ersten Darstellungen Petrus' mit dem Schlüssel ist. Etwa 50 Jahre später folgte eine ähnliche Abbildung im Baptisterium der Arier. Der Heilige trägt beide Male außer dem Schlüssel auch eine toga clavata. Etwa zur gleichen Zeit entstanden die Mosaiken in Syrien und Anatolien, die größtenteils restauriert werden müßten; ausdrucksstärker sind sicher die byzantinischen Mosaiken des Abstiegs in den Limbus, wo Christus die Türen sprengt, die dann samt Riegeln zu seinen Füßen liegen. Die Darstellungen halten recht genau Schritt mit der Entwicklung der verschiedenen Schließsysteme: Riegel, von außen bedienbarer Riegel, Riegel mit Sperre als Vorläufer des Schlosses, Sperre mit Hebel, Sperre mit Federn, Sperre mit Tour auf einer Seite des Türflügels, Sperre mit Touren auf beiden Seiten. In Asien herrscht weiterhin das System der beiden Ösen und des Vorhängeschlosses vor: das Vorhängeschloß war entweder mit Dorn oder mit Feder versehen, später wurde es mit den westlichen Systemen verknüpft und zu einem Tourenschloß verfeinert. Als Materialien kannte man Holz, Bronze, Eisen und schließlich Stahl. Dieser lange Weg, der in seinen Anfängen vielleicht durch Darstellungen genauer dokumentiert ist als durch Fundstücke, war weder linear noch homogen in seiner Entwicklung. Die läßt sich aus den verschiedenen Bezeichnungen ersehen, denn die Begriffe überschneiden sich vor allem in den romanischen Sprachen in manchen Bereichen oft, während sie in anderen Bereichen fehlen oder falsch verwendet werden.

64. Zwei byzantinische Vorhängeschlösser aus den Ausgrabungen am Blacherne-Palast in Istanbul.

65. Typische Schlüssel für tibetische Vorhängeschlösser.

PRÄROMANIK

Bereits in spätantiker Zeit (211–568) war eine Art Annäherung zwischen der klassischen Kunst und der Nomadenkunst der Kelten und der anderen barbarischen Völker festzustellen. Daraus folgt, daß in der Zeit der Frühromanik (6. bis 10. Jahrhundert) der klassische Grundriß mit keltisch-barbarischen Verzierungen versehen wurde, wobei die klassische Kunst mit dem Niedergang der politischen und religiösen Macht Roms ihren Einfluß eingebüßt hatte. Die Einflußbereiche zerfielen und zersplitterten, und ebenso zerfiel auch die bisherige stilistische Einheit und es entstanden Formen, die auf die Nation, in der sie entstanden, beschränkt waren. Nicht nur im europäischen Kontext war die Formenvielfalt größer, sondern oftmals auch innerhalb eines Landes. Der strenge, improvisierte, eben barbarische Geschmack taucht auch in den Schlössern und Schlüsseln wieder auf. Aus dem ägyptischen und später römischen System der «Anhebung der Zapfen» hatte sich das in Frankreich als *à la capucine* definierte Schloß (mit Blattschlüssel, der in die senkrechten Rillen greift, mit denen der Dorn aus dem Riegel gehoben wird) entwickelt, ein System mit senkrechter Verschiebung. Eine Weiterentwicklung dieses Systems, das nun eher kreis-

66

förmig angeordnet wurde, führte zum typischen frühromanischen Schloß, bei dem der Schlüssel einen eher ausladenden, reich durchbrochenen Bart hat. Die technischen Systeme haben sich im Lauf der Jahrhunderte langsam und stetig weiterentwickelt und sind nicht das Ergebnis einer plötzlichen Eingebung gewesen. Von den Verschlüssen der Frühromanik bleiben nur die Schlüssel, alle aus Bronze und alle mit Hohldorn. Wir

66. *Merowingischer Schlüssel, 6./7. Jahrhundert. Rouen, Museum Le Secq des Tournelles.*

67. *Rekonstruktion einer präromanischen Schmiedewerkstatt. Budapest, Museum für ungarische Volkskunst.*

68

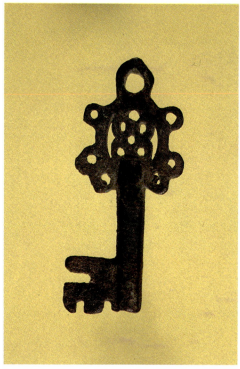
69

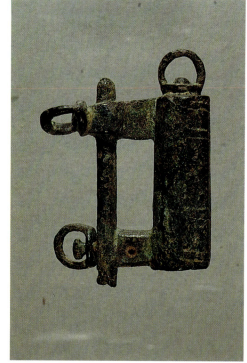
70

können annehmen, daß die Schlüssel dazu dienten, die Sperre anzuheben, doch da die zugehörigen Schlösser fehlen, wissen wir nicht, ob auch der Riegel bewegt wurde oder ob dies noch von Hand geschah. Das System könnte jedoch auch bereits komplett gewesen sein. Die Bärte waren immer kompliziert, mit großen, symmetrischen Öffnungen; und das Motiv wurde oft dekorativ an der Reide wiederholt, vor allem bei den wunderschönen merowingischen Schlüsseln. Die Reide war im 6. bis 8. Jahrhundert meist kreuzförmig oder gitterförmig, der Halm offen und der Bart eher einfach. Zwischen dem 7. und 9. Jahrhundert kamen durchbrochene und symmetrische Bärte auf; dreibögige Reiden und die dazugehörigen Verzierungen erinnern an die Umrahmungen der in dieser Zeit entstandenen Emaillarbeiten aus den Steppen. Es entstanden die ersten Reidenverzierungen in Gebäudeform. Im 9. und 10. Jahrhundert ging man zu Reliefverzierungen an die Reiden über. In der skandinavischen Kunst des 9. und 10. Jahrhunderts, genauer gesagt bei den Wikingern, hatten die Schlüssel eine eher große Reide und kurzen Halm, und die typischen Motive der keltischen Kunst und der Step-

71

68. *Reide eines Schlüssels aus der Wikingerzeit (der Schlüssel wurde 1983 von einem Besucher gestohlen). Kopenhagen, Universitätsmuseum.*

69. *Karolingischer Schlüssel 8./9. Jahrhundert.*

70. *Ottomanisches Vorhängeschloß nach dem Vorbild der byzantinischen Schlösser.*

71. *Zeichnung eines Reliquienschreins aus dem 8. Jahrhundert. Die Figur trägt auf der Schulter eine Kapsel und in der linken Hand einen gezahnten Schlüssel.*

pentradition vermischen sich in den schönsten Exemplaren: Blattvoluten, Mandeln, geflochtene Motive (Beispiele im Museum von Kopenhagen, Dänemark). Bei den kostbarsten Exemplaren umschließt der Reidenring Darstellungen von Tierköpfen in der typisch stilisierten Art der Steppenkunst. Der Bart ist einfach, oft eher dreieckig in Goldflammenform mit nur einer seitlichen Öffnung. Für die Wikinger hatte der Schlüssel als solcher auch eine ausgesprochen magische Bedeutung und wurde oft als Amulett um den Hals getragen. Außerdem waren Schlüssel göttliche Symbole, so wie Thors Hammer: der Gott Wotan hatte einen Schlüssel, um den Heiligen Berg aufzuschließen, wie in der Snorra-Fedda nachzulesen ist. Oft wurde auf den Schlüsselgriffen ein stilisierter Odin dargestellt oder auch andere Symbole aus der Sage. Im 9. Jahrhundert waren alle Schlüssel im Heiligen Römischen Reich Deutscher Nation aus Bronze, soweit mir bekannt ist, und zwischen fünf und 15 cm lang. Die Reide war gut ausgearbeitet, flach, und gemeinsam mit dem Gesenk nahm er etwa die halbe Länge des Schlüssels ein. Die Verzierung war üblicherweise entfernt architektonisch und wurde durch Bohrungen im Blech erzeugt. Viele Schlüssel aus karolingischer und ottomanischer Zeit mit ihrer reinen, soliden, aufs wesentliche reduzierten Linie haben eine gestanzte Verzierung mit Punkten und Kringeln in zentralasiatischem Stil, die sich auch in anderen Gegenständen wiederfindet. Außer dem architektonischen Motiv, das in manchen Fällen an die Fassade einer Kathedrale erinnert, kommen seltener auch dreidimensionale Verzierungen in Form einer bikonischen Laterne mit senkrechten Blechen und einem Querstreifen in der Mitte vor. Es gab auch Griffe mit dekorativen geometrischen Motiven, mit griechischen Kreuzen oder mit ähnlichen Motiven wie in den Emaillarbeiten aus der gleichen Zeit. Die Schlüsselbärte waren deutlich ausgearbeitet, mit teilweise auch komplexen Öffnungen, wobei manchmal die Dekoration des Griffes wiederaufgenommen wurde. Viele Schlüssel hatten auch eine Öse unterschiedlicher Machart und Größe, um sie an eine Kette oder eine Schnur zu hängen, was sehr weit verbreitet war, und es ist sogar anzunehmen, daß es sich in vielen Fällen um Schlüssel für Zeremonien, zum Schmuck oder als Amulette handelte, weniger um tatsächlich funktionsfähige Gegenstände.

72

73

74

72. *Die Übergabe von Nantes: die Besiegten überreichen den Stadtschlüssel auf einer Lanzenspitze. Stickerei aus Bayeux. Anglonormannische Schule, 11. Jahrhundert. Bayeux, Museum der Königin Mathilde.*
73. *Angelsächs. Schlüssel, 10. Jahrh.*
74. *Angelsächsischer Schlüssel aus dem 9./10. Jahrhundert.*

ROMANIK

Ich bins, der beide Schlüssel einst verwaltet
Zum Herzen Friedrichs, das ich aufgeschlossen
Gleich sanft wie sanft
ich beim Verschluß geschaltet,
Daß ich allein sein ganz Vertrauen genossen!
Bis ich im hohen Amte Schlaf und Leben
Geopfert, diente ihm ich unverdrossen.

DANTE ALIGHIERI,
La Divina Commedia
Die Hölle, XIII. Gesang, 58 63.

75. *Romanischer Schlüssel.*

76. *Spätromanischer Schlüssel aus Italien mit kupferverziertem Kapitell.*

77. *Romanischer Schlüssel normannischer Machart.*

78. *Romanischer Schlüssel aus dem 12. Jahrhundert, Hildesheim.*

79. *Romanischer Schlüssel aus dem 11. Jahrhundert, Mulhouse.*

Im 11. Jahrhundert befand sich Europa in einer Phase wirtschaftlichen Aufschwungs. Die Bevölkerung nahm zu, durch Handel und kulturellen Austausch vermischten sich die Völker unterschiedlicher Herkunft. Das wachsende Nationalbewußtsein sorgte dafür, daß sich die politische Macht (Feudalsystem und Monarchie) und ebenso die religiöse Macht (cluniazensische und benediktinische Orden) stärker konzentrierten. Das Bevölkerungswachstum, der Handel, die zentristische Verwaltung der Macht und die steigende Produktivität des Handwerks sorgten dafür, daß immer mehr Städte, Burgen und Abteien errichtet wurden. Unter diesem Umständen, das liegt auf der Hand, hatten auch die Schlossermeister immer mehr zu tun. Der neue architektonische Stil zeichnete sich durch eine Art «neue Ehrlichkeit» aus, beispielsweise waren Wände aus rohen Ziegelsteinen beliebt, ebenso tragende Pfeiler, Streben und Balken aus gut sichtbarem, die Funktion offenlegendem Stein. Keine dieser tragenden Strukturen wurde unter Tapeten, Stuck oder anderen Verzierungen versteckt. Einerseits offenbart sich hier der künstlerische Geschmack der Epoche, andererseits auch die Suche nach und die Freude an den technischen Zusammenhängen. In der ersten Phase der Romanik dominierte der sogenannte «normannische Schlüssel» mit schlankem Holm und schlingenförmigem Griff. Benutzt wurde er zum Verschließen von Möbeln,

75

Truhen und Türen, und in seiner Struktur war er der direkte Vorläufer sämtlicher späterer Schlüssel. Die Schlüssel waren in dieser Epoche meist aus Bronze gefertigt, später aus Eisen, und die Schmiedekunst, die heute noch in Beschlägen und Gittern weiterlebt, erlebte ihre Blüte an den Schlüsseln. Oft war der Halm lang, die Spitze schlank und spitz, manchmal ragte sie über den Bart hinaus. In anderen Fällen war der Halm teilweise gespalten. Hohldornschlüssel waren nicht selten. Es fehlte der Knauf. Der Bart war relativ groß, mit zahlreichen, elegant symmetrischen Öffnungen. Der gesamte Stil war immer eher streng und aufs Wesentliche beschränkt, und ebenso wie die Architektur wurde der dekorative Aspekt der Funktion hervorgehoben. Die Reide war meist ringförmig, sorgfältig auf der Amboßspitze geschmiedet. Seltener gab es auch viereckige Griffe oder Griffe aus flachem rundem Blech mit eher kleinem Loch in der Mitte. Der geräumige Ring machte jedoch eine zusätzliche Öse überflüssig, die immer fehlt. Spätere Exemplare waren bis zu 30 cm lang, und der Griffring war gelegentlich rhomben- oder nierenförmig. Seltenere Exemplare waren mit einem Gelenk gearbeitet, d.h. Reide und Halm waren durch ein Niet verbunden. Es gab zwei Arten von Schlössern und *in situ* sind noch viele Exemplare erhalten: Tourenschlösser mit verschiebbarem Riegel, wo der Schlüssel den Riegel vorwärts und rückwärts schiebt; halbtourige Schlösser, wo der Schlüssel die Sperre aufhebt und der Riegel von einer Feder im Inneren oder von Hand bewegt wird. Die Schlösser waren teils erhaben und teils in das Türblatt eingefügt. Das galt für beide Arten von Mechanismen, mit Riegel oder Bügel. Das Schloß zerfiel in zwei Teile: Riegel mit Ringen, zugehöriger Bügel und Mechanismus mit Schlüssel. Der Mechanismus bestand aus einer Sperrfe-

76

77

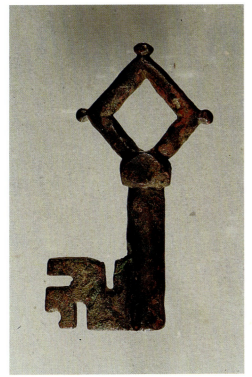

78

der, einer Sperrklinke, der Stange mit zwei Zuhaltungen (eine für jede Bewegungsrichtung), die zwischen zwei Bügeln verlief. Das Schloß wurde mit Nägeln oder Keilen befestigt. In der Kirche von Serralunga (Ostpyrenäen) gibt es auch ein signiertes Schloß: *Bernardus faber velim fecit.* Einige romanische Formgebungen haben über alle Epochen und Stile hinweg überdauert. Die Schlosserkunst entwickelte sogar die Fähigkeit, die herkömmlichen Grenzen einer Stilrichtung zu sprengen, und so gab es zu gotischer Zeit romanische Kompositionen, und gotische Formen – vor allem aus der internationalen Gotik – bis weit hinein in den Barock. Es liegt außerdem auf der Hand, daß sich nur wohlhabende (Adel, Kirche, Kaufleute) ein eiser-

79

80

81

nes Schloß leisten konnten. Für das Volk waren nach wie vor hölzerne Riegel und Lederriemen wie zur Anfangszeit des Schlosserhandwerks in Gebrauch.

80. *Wotan, als Bölverkr verkleidet, läßt von dem Riesen Baugi mit Hilfe des Schlüssels Rati den Berg öffnen. Miniatur des 16. Jahrhunderts zur Hedda von Snorri Sturluson, 13. Jahrhundert. Kopenhagen, Königliche Bibliothek.*

81. *Wotan reitet auf Sleipnir und schwingt einen dreizackigen Schlüssel. Illustration des 16. Jahrhunderts zur Hedda von Snorri Sturluson, 13. Jahrhundert. Kopenhaben, Königliche Bibliothek.*

82. *Romanischer Schlüssel aus Italien, 14. Jahrhundert.*

83. *Romanischer Schlüssel, Frankreich.*

82

83

GOTIK

Ab dem 2. Jahrhundert war die Überlegenheit und Seßhaftwerdung der barbarischen Völker klar abzusehen, und damit auch die Entstehung eines neuen Bürgertums, eines Stands, der von der Macht des Geldes, des Handels, des lohnenden Fleißes lebte. Der irdische Gerichtshof ersetzte in der künstlerischen Darstellung und dem gesellschaftlichen Prunk den himmlischen Gerichtshof. Die Universitäten verbreiteten eine weltliche Kultur, die Wissenschaft wurde als wichtige Hilfe für die Handwerkskunst betrieben. Diese Situation und der daraus entstehende Wohlstand, dieser finanzielle und kulturelle Reichtum spiegelten sich auch in der Schlosserkunst wieder. In der frühen Zeit der Gotik waren die Schlüssel noch nach romanischer Tradition gefertigt, vor allem mit rundem oder rhombenförmigem Griffring, langsam kamen an der Spitze der Griffrhombe kleine Verzierungspunkte dazu, der Stil wurde eckiger, öfter gestanzt und langsam reicher verziert. Es überwogen die Schlüssel mit hohlem Dorn für Truhen und Wandschränke, und es ist anzunehmen, daß Schlüssel mit vollem Dorn erst jetzt dazu benutzt wurden, ein Schloß sowohl von außen als auch von innen zu sperren.

Es gab Schlüssel mit und ohne Knauf, mit langem oder kurzem Halm, mit deutlich ausgearbeitetem oder mit kleinem und einfachem Bart. Von dem Geschmack, von der ständigen Suche nach dem Triumph der Verzierungskunst, die ja ein Merkmal der Gotik des 15. Jahrhunderts waren, war hier noch nichts zu spüren. Die Vorherrschaft des bürgerlichen Geschmacks, der Wunsch nach Repräsentation und Entfaltung von Macht und Reichtum führten später dazu, daß die Kunst sich in überschäumenden Formen, die jedoch akademisch und steril werden sollten, selbst übertraf. Die Schlüssel waren zwischen 3 und 12 cm lang, es gab jedoch auch die Schlüssel zu den

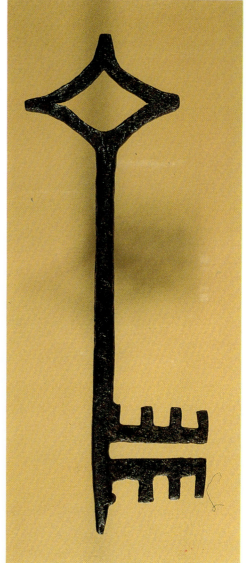

84

85

84. *Gotischer Schlüssel, Wien.*

85. *Drei gotische Schlüssel. Budapest, Museum der Volkskunst.*

86

87

Stadt- und Burgtoren, die bis zu 30 oder 35 cm Länge aufwiesen. Nach und nach erreichte der Bart die besonders schöne «Kammform», die durch die größere Dicke des Schlüsselkorpus möglich wurde. Es entwickelten sich auch die komplexeren Schlüssel, etwa für Kirchentüren, und es gab Exemplare aus Schmiedeeisen von bis zu 60 cm Länge. Von der einfachen Rhomben- oder Nierenform ausgehend wurde der Griff nun komplexer, klee- oder herzförmig, mit kreisförmiger Wiederholung eines Motivs. Dies war auch auf den Gebrauch der Feile zurückzuführen, die sich von der bisher (seit der Steinzeit) verwendeten Raspel durch die feineren, mit einem scharfen Skalpell eingeschnittenen Linien unterschied und mit der sich viel genauer arbeiten ließ. Von dieser Zeit an sind uns auch sämtliche Teile und Vorrichtungen der Schlösser bekannt, denn viele Schlösser wurden unversehrt überliefert. Es gab (vor allem für Schranktüren) Schlösser mit offenem Riegel und Bügel, wobei der Riegel ins Schloß geführt wurde; ebenso mit verdecktem Riegel. In beiden Fällen entsperrte der Schlüssel die Sperre des Riegels, der dann von Hand bewegt wurde. Er verlief entweder in Ringen oder Führungen, die man von beiden Seiten der Tür mit einem Griff durch einen Einschnitt im Türblatt bewegen konnte, je nach Lauflänge des Riegels, der dann von einer Sperre fixiert wurde. Diese Mechanismen hatten noch beschränkte Touren, und die Sperrklinke wirkte

88

direkt auf den Riegel. Es gab auch Kapuzinerschlösser (als Weiterentwicklung eines der römischen Systeme) ohne Touren, also auch ohne Sperrfeder; es diente dazu, die (hebelartige) Falle zu bewegen, deren eines Ende als Hebel diente. Das andere Ende lag auf einer Stütze auf, der Schlüssel war die Hebelwirkung. Von innen wurde die Hebelwirkung direkt auf einen Knauf an der Falle ausgeübt. Der T-förmige Bart mit kompliziertem Durchbruch wurde waagrecht eingeführt und dann senkrecht angehoben, so daß ein Dorn an der Falle bewegt wurde, die dann ihrerseits von ihrer Basis angehoben wurde. Ein allerdings nicht so sicheres System. Außerdem wurde noch das sogenannte Vielle-System entwickelt, bei dem ein halbtouriges

86. *Der Engel öffnet mit einem kleinen Stab – ein Symbol, das auf die griechischen Tempelschlüssel zurückgeht – das Tor der Hölle für Dante und Vergil. Miniatur des 14. Jahrhunderts. Imola, Apostolische Bibliothek.*

87. *Römisch-gotischer Schlüssel aus Frankreich.*

88. *Gitter mit Riegel, hergestellt von Bovino da Campione um 1380. Verona, Arche Scaliegere.*

89. *Gotischer Schlüssel, Paris.*

Schloß, bei dem der Schlüsselbart einen Hebel anhebt, der mit einem Mechanismus an der Klinke befestigt ist, der ingesamt an ein zeitgenössisches Musikinstrument erinnerte, das sich eben «Vielle» nannte. Was jedoch die Gotik am deutlichsten kennzeichnet, ist die Zunftbildung und die wissenschaftliche Weiterführung der Studien. Man denke nur an die *Diversarum artium schedula* (um 1225) des Mönchs Theophilus von Helmarshausen, wo im 3. Kapitel des 3. Buchs von Schlössern die Rede ist. In Frankreich wurde die Schlosserzunft im Jahre 1260 auf Befehl König Ludwigs IX. durch den Pariser Präfekten Etienne Boileau reglementiert. Er verfaßte die *Livres des métiers* (oder *Etablissement des métiers*). Unter Punkt XVIII (Blatt XXXIX) sind die «Statuten der Zunft der Schlosser von Paris» aufgeführt. Diese Statuten wurden 1307 von Philipp dem Schönen geändert und am 21.3.1393 vom Pariser Präfekten Jean de Folleville in der ursprünglichen Form wieder eingesetzt. Die Zünfte (in Frankreich *Compagnonnage*) waren im römischen Reich wahrscheinlich politische Organisationen, Brüderschaften in der islamischen Welt, wichtige Schulen für die kulturelle und künstlerische Welt in Italien, möglicherweise auch Ursprung der Freimaurerei in Großbritannien. Sie überwachten die Qualität der Arbeit, sorgten für die Witwen und Waisen der Miglieder, schützten die Arbeiter und auch die Kunden. Es ging also um eine Wahrung der Qualität, und es wurden vor allem nur diejenigen als Meister und Lehrherren zugelassen, die einen sichtbaren Beweis ihrer Fähigkeit erbringen konnten. Der Kandidat mußte ein «Meisterstück» nach den Angaben des Ältestenrats der Zunft anfertigen, und zwar in der Werkstatt eines Ratsmitglieds der Zunft und unter der ständigen Kontrolle der Mitglieder. Dank der Zünfte sind auf diese Weise viele Meisterwerke der Schlosserkunst überliefert, Stolz vieler Museen und kostbarer Privatsammlungen. Der Schutzpatron der Schlossermeister war der Hei-

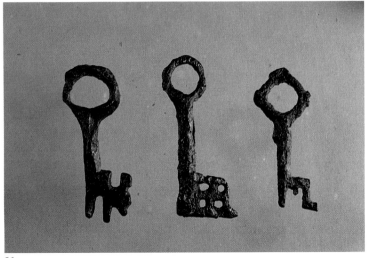

90. *Der Heilige Petrus mit den Insignien der Macht. Glasfenster um 1330/1340 aus der Zisterzienserabtei Freiburg. Münschen, Bayrisches Nationalmuseum.*

91. *Drei romanisch-gotische Schlüssel aus Venedig.*

92. *Zwei gotische Schlüssel aus Trient.*

93. *Romanisch-gotischer Schlüssel aus Lille.*

94. *Romanisch-gotischer Schlüssel aus Mailand.*

95. *Romanisch-gotischer Schlüssel aus Bologna. In Italien waren romanische Elemente auch in gotischer Zeit noch präsent, und deswegen ist die Datierung oft ungewiß. Viele Schlüssel aus dem 13. Jahrhundert können sowohl romanisch als auch protogotisch eingestuft werden.*

96. *Gotischer Schlüssel, Italien, 14. Jahhundert.*

97. *Gotischer Schlüssel, Mailand, 14. Jahhundert.*

93

94

95

96

97

98

99

100

lige Eligius, und sein Ehrentag ein Feiertag für alle Mitglieder. Vor dem Fest des Heiligen Petrus mußten dagegen sämtliche Schulden gezahlt werden. Den Zünften haben wir auch die genauen Angaben zu den verschiedenen Meistern und ihren Werkstätten zu verdanken. Wir wissen beispielsweise,

daß im Jahre 1292 in Paris elf Grobschmiede, 34 Hufschmiede, 74 Schmiede und 27 Schlossermeister tätig waren. Es gibt auch Überlieferungen von großen Meistern wie z.B. Biscornet, der die Schlösser und Angeln für das große Sankt-Anna-Tor ausführte, das heute in Notre Dame in Paris zu sehen ist.

Als im 19. Jahrhundert der Architekt Viollet Le Duc die anderen Portale der Kathedrale rekonstruierte, stellte sein Schlosser Boulanger die Schlösser her, indem er sie anhand der Zeichnungen von Biscornet kopierte. Sie waren dank des Archivs der Schlosserzunft erhalten geblieben.

101

102

103

104

105

106

107

98. *Gotischer Schlüssel aus Piemont.*

99. *Gotischer Schlüssel, Frankreich.*

100. *Gotischer Schlüssel, Spanien.*

101. *Gotischer Schlüssel, Österreich.*

102. *Gotischer Schlüssel, Österreich.*

103. *Gotischer Schlüssel, Frankreich.*

104. *Zwei gotische Schlüssel, Lausanne.*

105. *Romanisch-gotischer Schlüssel. Frankreich, 13. Jahrhundert.*

106. *Gotischer Schlüssel, Anfang 15. Jahrhundert.*

107. *Romanisch-gotischer Schlüssel. Frankreich, 13. Jahrhundert.*

INTERNATIONALE GOTIK

Ab der zweiten Hälfte des 14. Jahrhunderts erlebte die Kunstschlosserei einen starken Aufschwung, und die typischen Motive der Gotik dominierten mit ihrer Fülle und ihrem Reichtum analog zum allgegenwärtigen architektonischen Stil auch die Schlösser und die Schlüssel.

Die irdische Macht des Bürgertums und des Adels entrissen die bildlichen Darstellungen dem kirchlichen Monopol und vereinten Kunst und Technik. So wurde das Schloß unter vielen Gesichtspunkten wesentlich weiterentwickelt; die Themen, die in dieser Zeit angesprochen wurden, blieben bis Mitte des 16. Jahrhundert dominierend, wobei auf diesem besonderen Gebiet die geschichtlichen Grenzen der internationalen Gotik überschritten wurden. Die Eingerichte der zeitgenössischen Schlösser waren generell auf dem vorderen Türblatt befestigt, seltener ins Türblatt eingefügt, und manchmal von einem hinteren Blech überzogen und geschützt. Das vordere Blech war entweder mit durchbrochenen Motiven geschmückt und mit Rahmen oder Eckverzierungen versehen, oder ganz und gar und in verschwenderischer Fülle verziert. An den Seiten waren die Nägel oder Beschläge, um das Schloß am Türblatt zu befestigen auch fast immer etwas ausgearbeitet: die Nägel hatten verzierte Köpfe und die Beschläge architektonische Formen. Bei den kostbarsten Exemplaren war das Schlüsselloch von einer Klappe verdeckt, die auf Druck oder auch mit einem «geheimen» Mechanismus zu verschieben war. Ein eher begrenzter, jedoch sehr wichtiger Teilbereich der Schlosserkunst waren Schlösser, die die Fassaden der Kathedralen mit gegiebelten Nischen und den dazugehörigen Statuen darstellten. Das berühmte, immer noch an seinem Platz befindliche Schloß der Kathedrale der Heiligen Cäcilie in Albi (Frankreich) wurde Ende des

108. Der Heilige Johanes mit Schlüssel. Gotisches Glasfenster, um 1430. Straßburg, Museum von Notre Dame.

109. Schlüssel aus der Spätrenaissance, 16. Jahrhundert, wobei der romanisch-gotische Stil durchscheint.

110. Ansicht eines gotischen Schlosses. Die Figur auf dem Bügel hält einen großen Schlüssel in den Händen. Paris, Museum Bricard.

112

111. Ansicht eines Truhenschlosses mit Bügeln.
Paris, Museum Bricard.

112. Zwei spätgotische Schlüssel, 15./16. Jahrhundert.

113. Gotischer Schlüssel. Frankreich, 15. Jahrhundert.

114. Schlüssel um 1590/1610 mit ganz und gar gotischer Formgebung.

115. Spätgotischer Schlüssel, Dänemark.

116. Türschloß mit beweglichem Riegel. Spanien, Anfang 16. Jahrhundert.
Rouen, Museum le Secq des Tournelles.

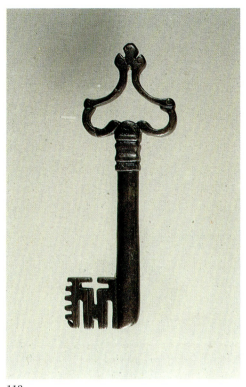

113

114

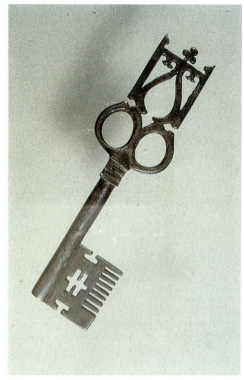

115

116

117

118

15. Jahrhunderts eingebaut. Sehr kompliziert ist das Schloß Nr. CL 8775 im Cluny-Museum von Paris: fünf senkrechte Einteilungen, die der Fassade einer fünfschiffigen Kathedrale entsprechen, werden rechts und links von einer Ajour-Bordüre flankiert. Waagrecht sind die fünf Teile in drei Ebenen unterteilt und von einem Tympanon mit Mittelrosette und Blattbordüre eingerahmt. Dreizehn Figuren bevölkern die mittleren Felder: Christus und seine zwölf Apostel. Noch verschwenderischer ist das Blech eines französischen Schlosses unbestimmten Datums, das im Metropolitan Museum in New York zu sehen ist: es stellt das *Jüngste Gericht* dar und enthält 35 Figuren.

119

120

117. *Miniatur aus einem Dekameron französischer Schule, bei dem die Schlösser einer Tür und einer Truhe sichtbar sind. 15. Jahrhundert. Paris, Bibliothek des Arsenals.*

118. *Vier gotische Schlüssel mit karolingischen Griffen.*

119.– 120. *Zwei Miniaturen aus einem Dekameron französischer Schule: ein Kaufmann mit einem Schlüssel als Symbol seines Reichtums und eine mit Bügelschloß versperrte Tür. 15. Jahrhundert. Paris, Bibliothek des Arsenals.*

121. *Gotisches Eingerichte aus dem 15. Jahrhundert.*

121

122

123

124

122. *Spätgotischer Schlüssel mit karolingischen Merkmalen.*

123. *Schlüssel aus dem 17. Jahrhundert mit protogotischen Merkmalen.*

124. *Zwei gotische Schlüssel, Venetien.*

125. *Ansicht eines spätgotischen Schlosses aus Österreich oder Südtirol.*

125

126

127

128

126. Ansicht eines spätgotischen Schlosses aus der Schweiz mit zugehörigem Schlüssel.

127. Ansicht eines gotischen Kassettenschlosses aus Italien mit Bügel.

128. Schlüssel aus dem späten 17. Jahrhundert mit protoromanischer Formgebung.

129. Spätgotischer Schlüssel aus Italien mit protoromanischer Formgebung.

130. Zwei gotische Schlüssel aus Italien mit romanischer Formgebung.

131. Gotischer Schlüssel, 14.–15. Jahrhundert, mit karolingischer Formgebung.

Neben diesen besonders auffälligen Werken sind auch die vielen Meisterstücke zu nennen, die für die Zunft- und Meisterprüfung herzustellen waren: «Qu'il face chef d'oeuvre, c'est assavoir une serrure de fer à gache et morillon, à double gache et sept perthuis, et que icelle serrure soit close tout entour et le pallastre moullu et revestu d'arbres, noix, onde, fourmettes et engin sur l'entré», heißt es im *Livre des Métiers de Gisors* von 1456. Abgesehen von diesen Meisterstücken für die Meisterschft in der Zunft, kann man die Schlösser gegen Ende des 15. Jahrhunderts grob in vier Gruppen einteilen:
a) Schlösser mit durchbrochener und nebeneinandergesetzter Verzierung (à orbevice) und architekto-

129

130

nischer Skansion. Heute noch sind solche Schlösser an einigen Kathedralen (in Frankreich in Evreux, in Vallouise, in Tolouse, und was die Truhen angeht, Beispiele in ganz Europa, vor allem im Cluny-Museum in Paris) in Gebrauch; b) einfachere Schlösser mit Distelranken als Verzierung; c) Schlösser mit geschnittenen Rändern; d) Schlösser mit reichverziehrten Rahmen und Simsen. Was die Zünfte betrifft, so war die Pariser Schlosserzunft beispielsweise eine der mächtigsten, und in Paris war ein Schloß schon fast eine Frage von Geschmack und Mode. Überliefert wird beispielsweise, daß in einem Palast der rue Bordonnais so viele Schlösser waren wie das Jahr Tage hat, und zwar mehr aus Spielerei als aus Notwendigkeit. Ein reicher Goldschmied des 15. Jahrhunderts, Meister Arduino aus Paris, stellte fest: «Heute gibt es in Frankreich mindestens 600 000 Türen mit Schlössern.» Und die Schlösser waren oft kompliziert: der Herzog von Burgund schloß die Fahnen, die den besiegten Einwohnern von Gand abgenommen worden waren, in eine Truhe ein, deren Schloß folgendermaßen aussah: «fermé de cinq clés dont l'une gardera le bailly, laultre l'eschevin, la tierce clé le doyen et les austers deux seront mises es mains de deux prud'hommes». Der Schlossermeister Berthelot de Lovanio baute im Palast von Saint Pol auf ausdrücklichen Wunsch der Königin Isabella von Bayern, Gemahlin

131

Karls VI., im Jahr 1385 zwei Schlösser ein, die man mit fünf verschiedenen Schlüsseln öffnen konnte. Auch im katholischen Spanien, wo bis zu diesem Zeitpunkt eine eigene Geschichte der Schlosserkunst fehlt, entstanden sehr kostbare Meisterstücke, und es entstand mehr oder weniger ein Standardmodell, bei dem das Reliefblech mit vier stilisierten Türmchen dekoriert war, vielleicht als Anspielung auf das kastilische Wappen. Auch Großbritannien, das das Primat der Schlosserkunst anstrebte, mußte ebenso wie in der Malerei die Überlegenheit der flämischen Länder anerkennen.

132. *Ansicht eines Schlosses auf Samtuntergrund mit Bügel.*
Paris, Museum Bricard.

133. *Spätgotisches Schloß,*
15. – 16. Jahrhundert, Innenansicht.

DIE RENAISSANCE

Die komplexe Entwicklung, die eine wesentliche Veränderung der europäischen Kultur zwischen dem 15. und 16. Jahrhundert bewirkte, schien in einer einzigen Stadt und in einer einzigen mächtigen Familie ihren Ausgangspunkt zu haben: Florenz mit der Signoria der Medici. Sie war jedoch bereits seit über einem Jahrhundert angekündigt worden, und man kann sagen, daß sie durch die Eroberung weiter Teile Europas ähnliche Merkmale zeigte wie die klassische Kunst. Die Ursachen dafür, daß sich die Renaissance in den uns bekannten Formen ausdrückte und sich trotz der nationalistischen Tendenzen über ihren Ursprungsort hinaus ausbreitete, gingen über den schematischen Verweis auf eine ästhetische Überlegenheit hinaus. In der späten Blüte der Gotik entstanden nördlich der Alpen nationalistische Tendenzen. Parallel mit diesen Sehnsüchten nach nationaler Unabhängigkeit entstand auch eine neue Auffassung der nationalen Kirchen.

In Europa begannen die Staaten damit, ihren eigenen Charakter zu definieren. Dies ging einher mit einer zunehmenden Klassifizierung der nomadischen Ursprünge, und in der internationalen Gotik wurden wie wesentlichen Komponenten der barbarischen Ursprünge verklärt und hervorgehoben. In Italien war die politische Lage jedoch eine andere, und ebenso bestand weiterhin ein starker Hang zu heidnischer Symbolik und Ästhetik. Alles, was hinsichtlich der Entwicklung zum Nationalstaat geschah, war der Übergang von der Stadt zur Signoria. Der italienische Adel wollte an die Vergangenheit anknüpfen, um die Legitimität seiner Macht zu bestätigen, die zwar nicht direkt von Rom verliehen war, doch in der Nachahmung Roms ihre Größe und ihren Wert erfuhr. Das Revival römischer Dekorationen insbesondere aus der Kaiserzeit dehnte sich auch auf die sogenannten kleinen Künste aus, und zwar mit einer Schubkraft, die die Gotik und jede andere Form nomadisch-barbarischer Kunst überrollte. Der Reichtum einer Klasse von reichgewordenen und geadelten Kaufleuten vermählte sich hier mit der antiken Aristokratie jenseits der Alpen, und der Pomp und Prunk, den die Renaissance in ihrer gemessenen Harmonie entfalten konnte, fand auch in der Arbeit der Schlosser seinen angemessenen Ausdruck. Es handelte sich nicht mehr um einen homogenen Stil, sondern um national unterschiedliche Formgebungen, als ob sich von Florenz aus in konzentrischen Kreisen eine Mode durchsetzte, die sich verstärkte und später wieder verfiel, ebenso wie dies bei der Kunst in den römischen Provinzen der Spätantike der Fall war. Es kam des öfteren vor, daß Bildhauer den Schlossern und Schmieden Modelle vorlegten, und einige dieser Vorlagen gingen aufgrund ihrer Qualität weit über die sogenannten «kleinen Künste» hinaus. Auch Benvenuto Cellini (1500-1571) hat anscheinend Zeichnungen für Schlüssel angefertigt, die später in seiner Werkstatt geschmiedet wurden. Es muß außerdem darauf hingewiesen

134. *Allegorie des zweiköpfigen Janus, Symbol der esoterischen Alchimie. Holzschnitt aus* Le théatre des bons engins *von Guillaume de la Perrière. Lyon, 1556.*

135

136

werden, daß die Renaissance in Italien im 15. Jahrhundert und in den anderen europäischen Ländern erst im 16. Jahrhundert ihren Höhepunkt erreichte, zu einem Zeitpunkt, als sich in Italien der Manierismus durchgesetzt hatte. Es gibt eine Vielzahl von Beispielen für die Verzierung der Schlüsselgriffe. In Frankreich überwogen in erster Linie die Grotesken, die Chimären, die symmetrischen Delphine, die sich an einer idealen Mittelachse gegenüberstehen, mit kurvenreicher Volte und Gegenvolte und immer mit großem Themen- und Erfindungsreichtum. Ebenso überwog in Frankreich der ovale, durchbrochene Griff in der Art einer volutenreichen Einrahmung eines mittleren Wappenschildes. In diesen Fällen war das Gesenk in einfachen Kehlungen gearbeitet. In Deutschland, Österreich und der Schweiz überwog ein einfacheres Motiv mit gegenüber angeordneten Voluten, eine Weiterentwicklung der gotischen Formgebung. Der Griff war normalerweise mit einem schweren, großen und gekehlten Gesenk verbunden. Die Grotesken und die Renaissanceverzierungen des Griffs waren opulenter, jedoch weniger elegant. Auch hier gab es Figuren, Gesichter, Wappen, einfachere Kapitele und kürzere Stiele. Im Laufe des 16. Jahrhunderts entwickelte sich auch das Genre der Meisterstücke mit ihrer hohen Qualität und beispielhaften Raffinesse weiter, hergestellt nicht zum täglichen

135. *Schloß aus dem Palazzo Malatesta in Rimini nach Entwurf von Leon Battista Alberti. An den Ecken das Wappen der Maltesta und die Initialen von Sigismund und Isolde.*

136. *Französisches Meisterstück von Jean Baptiste Platon. Paris, Museum Bricard.*

137. *Französisches Meisterstück (Schloß mit verschiedenen Mechanismen und zugehörigen Schlüssel) um 1680. Rouen, Museum le Secq des Tournelles.*

137

Gebrauch, sondern nur zum Beweis der Kunstfertigkeit des zu prüfenden Schlossers, der der Innung beizutreten wünschte. Die ersten, einfacheren Modelle nahmen anscheinend die Krone wieder auf, die an manchen karolingischen Schlüsselgriffen angebracht war, und entwikkelten sie weiter, ebenso auch die Krone und die durchbrochene Verzierung der sogenannten venezianischen Schlüssel. Eine Zeitlang hatten sie ein ganz typisches, laternenähnliches Aussehen: der Stiel war kurz, der Bart kammförmig mit dichten waagrechten Rillen und bis zu zwanzig Lamellen. Der Griff war sehr lang: ausgehend von einem Gesenk mit quadratischer Basis und einem faßförmigen Teil, bei dem das Innere rosettenförmig durchbrochen war und das Äußere auf beiden Seiten eine Groteske, eine Maske oder ein anderes Relief zeigten. Über diesem faßförmigen Teil befand sich eine hohe Laternenform mit quadratischer Basis, gekrönt von einem reichverzierten Sims. Alle Teile waren sehr kunstfertig und elegant durchbrochen, die Arbeit hatte oft die Raffinesse einer Goldschmiedearbeit. Die Arbeit an Schlüssel und dazugehörigem Schloß, daß natürlich auch mit entsprechenden Aussparungen, durchbrochenen Verzierungen und Stanzungen versehen war, muß teilweise bis zu zwei Jahre gedauert haben. In der Regel wurden diese Stücke aus Stahl gearbeitet, und im 16. und 17. Jahrhundert wiederholten sich dabei besonders im faßähnlichen Teil des Schlüssels gotische Verzierungen, zu denen dann Elemente aus Renaissance und Barock sich gesellten. Einige Stücke aus dem 18. Jahrhundert haben eine konsequent neoklassizistische Formgebung, doch anschließend beseitigte die Französische Revolution das Zunftwesen und somit auch diese Art von «Prüfungsstück». Einige dieser Meisterstücke sind sogar mit vollem Namen signiert, wobei der Name mit dem Stichel eingraviert ist, manchmal auch in feinste Weise an den vier Seiten der Basis des Kapitells durchbrochen, wie bei dem wunderbaren Exemplar im Museum Bricard in Paris, dessen Schöpfer Jean Batiste Platon im 18. Jahrhundert war.

DAS QUATTROCENTO IN VENEDIG

Im Laufe des 15. Jahrhunderts ist in der Schlosserkunst allgemein eine Verdickung des Bartes festzustellen, doch ganz besonders der Reide wurde reich und veschwenderisch verziert. In Venedig wurden die Schlüsselgriffe mit einer Lamellendekoration versehen, die an die Rosetten der Kathedralen oder der schmiedeeisernen Tore erinnert. Dieser Stil paßte genau zur Renaissancegotik, die ein besonderes Merkmal der Lagunenstadt werden sollte. Gegen Ende des 15. und Beginn des 16. Jahrhunderts war diese Art Reide, der übrigens immer von einer Öse überragt wurde, die manchmal wie eine Krone oder wie ein Türmchen geformt war, zu einem Beispiel für die Art und Weise, wie sich die Kreativität der venezianischen Meister hin und wieder auf ein Dauerthema konzentrierte. Hinzuweisen ist hier auf die Einheit von Kunst und Funktion, die bei den Schlossermeistern immer eine Rolle spielte: der lamellenverzierte Griff eignete sich nicht für die Schlüsselschnur am Gürtel, die sich mittlerweile eingebürgert hatte, und deswegen war die Öse notwendig geworden. Dieser Schlüsseltyp wurde in fast ganz Europa imitiert, und das Motiv wurde in den verschiedensten Formen weiterentwickelt. Es gab die Rosette im viereckigen Rahmen, zwei Rosetten mit Fiale obenauf, symmetrische Doppelrosetten und bei einem deutschen Exemplar auch eine Rosette, die aus einer einzigen Leiste mit gekräuselten Zweigen geschmiedet war, ähnlich wie die zeitgenössischen Tore. Gleichzeitig setzte sich in Venedig ein anderer Typ mit flachem, länglichem Ring durch, wobei der untere Teil in drei Teilen durchbrochen war, der obere Teil voll blieb und eine Krone darstellte, die dann auch später mit eleganten geometrischen Motiven durchbrochen wurde. Dieser Typ wurde vor allem in Süddeutschland sehr beliebt und konnte sich lange halten. Das

138

Anfangsschema der Rosettenschlüssel blieb auch im 17. Jahrhundert vorherrschend, wobei die ständige Erneuerung und spielerische Formgebung zugunsten der Kristallisierung und Wiederholung auf der Strecke blieben. Doch die Verbreitung dieser Schlüssel war dafür bemerkenswert, denn sie

139

140

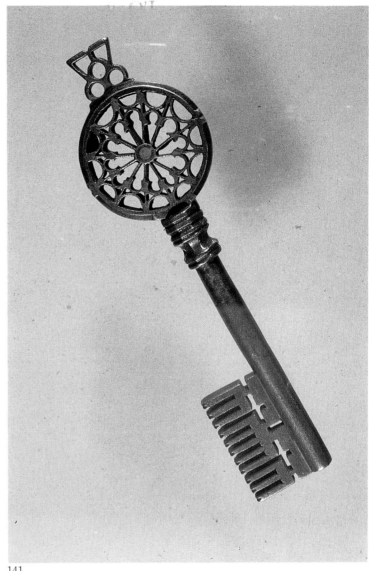

141

142

143

wurden in England ebenso gefunden wie in der Türkei (viele im Folkloremuseum in Konya und im Nationalmuseum in Istanbul), sie gelangten sogar bis nach Samarkand in Usbekistan.

138. *Venezianischer Schlüssel, 2. Hälfte des 15. Jahrhunderts,*

139. *Venezianischer Schlüssel, um 1550.*

140. *Venezianischer Schlüssel, um 1480.*

141. *Venezianischer Schlüssel, um 1550.*

142. *Venezianischer Schlüssel, Anfang 16. Jahrhundert.*

143. *Schlüssel im venezianischen Stil aus dem Aostatal mit gotischen Elementen.*

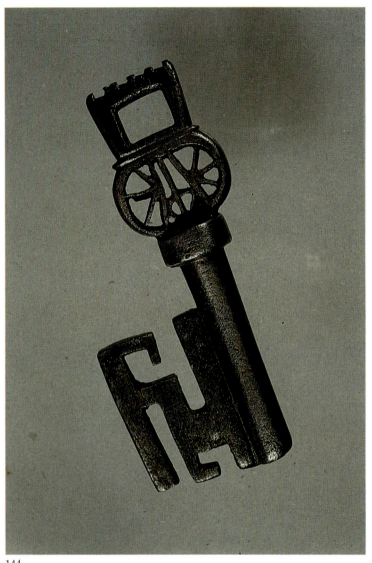

144

145

146

147

148

149

150

151

144. *Massiver Geldschrankschlüssel, Venetien, um 1580.*

145. *Venezianischer Schlüssel mit Doppelrosette. Hergestellt in Palermo Ende des 15. Jahrhunderts.*

146. *Venezianischer Schlüssel dalmatinischer Herstellung.*

147. *Venezianischer Schlüssel dalmatinischer Herstellung, 17. Jahrhundert.*

148. *Venezianischer Schlüssel, hergestellt in Neapel im 17. Jahrhundert.*

149. *Venezianischer Schlüssel, um 1520.*

150. *Venezianischer Schlüssel, um 1480.*

151. *Schlüssel in venezianischem Stil aus Florenz, um 1550.*

152. *Schlüssel in venezianischem Stil aus Sebenico.*

152

153. Venezianischer Schlüssel mit Doppelrosette. 16. Jahrhundert.

154. Venezianischer Schlüssel, hergestellt in Österreich im 16. Jahrhundert.

155. Truhenschlüssel in venezianischem Stil mit Gelenkreide. Südtirol, 16. Jahrhundert.

156. Schlüssel in venezianischem Stil, hergestellt in der Türkei Anfang 16. Jahrhundert. Konya, Folkloremuseum.

DAS 16. JAHRHUNDERT

Zu Beginn des 16. Jahrhunderts wurde Italien zum Eroberungsgebiet und Schlachtfeld für die großen Heere Spaniens und Frankreichs. Dadurch entstand auf der Halbinsel ein sehr unsicheres Klima, die Signorie erlebten ihren Niedergang, stabile Werte gerieten ins Wanken und es folgte die Blütezeit des Manierismus. Franz I., König von Frankreich (1494-1547) brachte von seinen italienischen Feldzügen reiche Beute mit nach Hause, ebenso hochqualifizierte Künstler, und er etablierte in seiner Heimat eine tiefere Durchdringung der Renaissancekultur. Aus diesem Grund und wegen seinem raffinierten und sicheren Geschmack, der durch den Einfluß seiner Mutter, Luise von Savoyen, ausgebildet worden war, veränderte sich der Stil bei Hofe grundlegend. Der König war ein Liebhaber und vielleicht auch selbst ein Hersteller von Schlössern und überarbeitete 1543 die Statuten der Eisenzünfte. Im wesentlichen setzte er in dieser Kunst den italienischen Stil durch, und durch die Renaissance war die internationale Gotik offiziell beendet. Der Privatschlosser des Königs, Antoine Morisseau, lag voll und ganz auf der Linie seines Dienstherrn und unterstützte ihn. Die neuen Verzierungen umrahmten die Türen, Schränke und Truhen derart, daß die Harmonie des Ganzen durch ein sichtbares Schloß gestört worden wäre. So begann man damit, das Schloß im Holz zu versenken, im Inneren der Türstöcke, wobei nur kleine Platten oder Löcher noch zu sehen waren. Die großen Eisenapparate früherer Epochen, architektonische Denkmäler der Schlosserkunst, verschwanden nun: die kunstvollen Eingerichte wurden in das unsichtbare Schloß oder in den Schlüssel übertragen, der vom dekorativen Standpunkt aus immer wichtiger wurde. Die Plakette zur Abdeckung des Schlüssellochs oder die Umrahmung desselben wurde aus Eisen, Kupfer, Messing oder auch

157

157. Die weise Ehefrau. *Holzschnitt von Wolfgang Rech. Anfang 16. Jahrhundert.*

158. *Italienischer Schlüssel, Anfang 16. Jahrhundert.*

158

159

160

161

162

163

159. *Schloßmechanismus mit zugehörigem Schlüssel. Ende 16. Jahrhundert.*

160. *Innenteil eines italienischen Blattfederschlosses aus dem 16. Jahrhundert.*

161. *Einfaches Schloß mit Holzkasten aus dem Aostatal. Diese Art Schloß war im gesamten deutsch- und italienischsprachigen Alpenraum verbreitet und veränderte sich zwischen dem 15. und dem 19. Jahrhundert fast überhaupt nicht.*

162. *Der bestrafte Nörgler. Holzschnitt von Hans Guldenmund. Nürnberg, 1547.*

163. *Wappenrelief aus dem Ossolatal, Anfang 16. Jahrhundert.*

164. *Ottomanisches Vorhängeschloß in Anlehnung an den italienischen Stil. Anfang 16. Jahrhundert. Konya, Folkloremuseum.*

165. *Großer Schlüssel (42 cm) zum Stadttor von Konya. Ottomanische Kunst, 16. Jahrhundert. Konya, Folkloremuseum.*

164

165

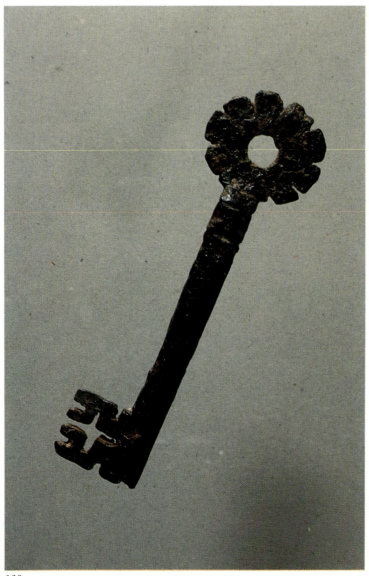

166

167

Silberblech geschnitten, je nach Stilrichtung. Die groben Werkzeuge der Schmiede wurden nun durch Feile und Metallsäge ersetzt, die durch die Technik der Einsatzhärtung verstählt wurde, eine Technik, die erst jetzt allgemein üblich wurde. Durchbrochene Verzierungen wurden immer häufiger, doch auch Ätzungen wurden nun angebracht, denn sie ermöglichten ein noch feineres Arbeiten und sogar übertrieben verweichlichte und zarte Verzierungen. Anstelle der früheren gotischen Darstellungen mit Personendarstellungen und architektonischen Hinweisen traten immer öfter Initialen, Wappen, florale und groteske Verzierungen. Manchmal kam es sogar absurderweise dazu, daß der innere, unsichtbare Teil des Schlosses üppiger verziert war als das Schlüsselloch. Es gab auch bizarre Moden in dieser Zeit. Diana von Poitiers beispielsweise (1499-1566), Favoritin Königs Heinrich II. von Frankreich, ließ an ihrer Zimmertür drei Schlösser übereinander anbringen, und so wurden eine Zeitlang drei Schlösser übereinander der letzte Schrei. Ebenso wie Franz I. war auch Karl IX. (1560-1574) ein recht begabter Schlosser. Die königliche Vorliebe für Schlösser setzte sich fort mit Heinrich III. (1551-1589), der den Schlossermeister Mathurin Bon protegierte und ihn zum Oberleutnant der Armee und später zum Wächter des Pariser Arsenals machte. Die Geschichte überliefert jedoch, daß er vielleicht ein guter Schlosser gewesen sein mochte, in den anderen offiziellen Ämtern aber relativ unfähig war. Er brachte jedoch ein Schloß auf, das später in Deutschland sehr verbreitet war: der rechteckige Schloßkasten wurde von einem an den Rändern überstehenden, stabilen und reichverzierten Blech verdeckt und enthielt einen besonderen Mechanismus: der halbtourige Riegel wurde mit einem Klinkenriegel mit Handgriff kombiniert, der oben aus dem Schloßkasten ragte. Dieses System konnte sich erst im 18. Jahrhundert überall durchsetzen. Das 16. Jahrhundert endete ohne weitere wichtige technische oder stilistische Neuerungen, und die letzten Jahrzehnte zeichneten sich bis zur Zeit

Ludwigs XIII. (1601-1634), einem Kenner der Schlosserkunst und wahrscheinlich dem ersten Schlüsselsammler überhaupt, durch eher ereignislosen Traditionalismus aus. Mitte des 16. Jahrhunderts dominierten Türschlösser mit ruhendem Riegel (der vom Schlüssel bewegt wurde) und halbtourige Schlösser. Zunächst waren es eigentlich zwei Schlüssel und ab 1525 dann nur noch einer. Der Schlüssel hob die Sperre an, befreite den Riegel und bewegte ihn dann mit dem äußeren Teil des Bartes, der auf die Rillen im Riegel selbst wirkte. Häufiger war der Mechanismus des 16. Jahrhunderts jedoch halbtourig, der Schlüssel hob die Sperrfeder nicht an und der Riegel hatte nur eine Rille. In Italien war der vordere Teil des Schlosses häufig bügelförmig und viereckig; an jeder Ecke befand sich ein Raum für den Beschlag mit durchbrochener Verzierung. In Deutschland wurde Nürnberg zur Hauptstadt der Schlosserkunst, und hier wurden die Schlösser mit traditionell massivem Frontespiz gearbeitet. In Spanien entstand nun ein verbesserter Stil bei der Herstellung von Schlössern, vielleicht in Anlehnung an die aufwendigen und eindrucksvollen Arbeiten der Kunstschmiede. Das Verschlußsystem der in Vargas bei Toledo angefertigten Möbel wurde jedenfalls in ganz Spanien Mode, wobei der Beschlag noch renaissancetypisch war – mit schwerer, barocker Linienführung – und der Bügel noch streng gotisch. Der Bügel lag hier nicht in der Mitte des Schlosses und das Schlüsselloch auf einer Seite, wie bei den Modellen im übrigen Europa, sondern gegen alle Symmetrie befand sich das Schlüsselloch in der Mitte und der Bügel auf einer Seite. Gegen Ende des Jahrhunderts wurde die Symmetrie durch einen neuen, typischen Mechanismus wiederhergestellt: ein Schloß mit zwei Bügeln, die das in der Mitte befindliche Schlüsselloch flankierten.

168

166. *Sogenannter Sonnenschlüssel mit strahlenförmigem Griff. Mailand, 16. Jahrhundert.*

167. *Sonnenschlüssel mit strahlenförmigem Griff. Turin, 16. Jahrhundert.*

168. *Vier Schlüssel aus dem 16. Jahrhundert mit gotischen und Renaissance-Elementen.*

169

170

171

Überall breitete sich die Verwendung von Splinten und Nieten aus, um die Grundplatte am übrigen Schloß zu befestigen, ebenso wurden Splinte und Laschen verwendet, um die Verschlußplatte zur Reparatur leichter öffnen zu können. Es erschienen auch die ersten Muttern (deren Profil für die korrekte Datierung wichtig ist) und Nägel mit Köpfen in Menschen- oder Blumenform, um die Vorderplatte auf dem Holz zu befestigen. Einige dieser Elemente sind auch an älteren Schlössern im Zuge späterer Reparaturen oder Umbauten aus diesem Jahrhundert angebracht worden. Die Teile des Schlosses wurden rot glühend zwischen Stahlformen gepreßt und zur Verzierung geätzt.

169. *Schlüssel mit Groteske. Deutsche Renaissancekunst, 16. Jahrhundert.*

170. *Schlüssel mit Renaissancegriff und Koloration im Stil des piemonteser Manierismus, 16. Jahrhundert.*

171. *Zwei Schlüssel aus Bologna, 16. Jahrhundert.*

172 – 173. *Schloss mit zugehörigem Schlüssel, Meisterstücke der französischem Spätrenaissance. Ende des 16. Jahrhunderts. Paris, Museum Bricard.*

172

173

72

174

175

176

208

209

pen. Außer in den Wappen zu «sprechen», war der Schlüssel auch in dem ikonographischen Repertoire vertreten, das 1505 mit den *Heroglyphica von Horapallo begann, die noch* vor ihrer Veröffentlichung von Marsilio Ficino kommentiert und von dem Juristen und Humanisten Andrea Alciato, Autor der *Emblemata* (1531), klar und deutlich ausgedrückt wurden. In *De verborum significatione* (Lyon, 1530) schrieb er: «Die Worte bezeichnen, die Dinge sind bezeichnet. Doch auch Dinge bezeichnen, so wie die Hieroglyphen von Oro und von Cheremone», und hiermit übernahm er haargenau das emblematische Konzept der Sufi-Meister, insbesondere Dhu alNun Misry (IX. Jahrhundert). In der Kunst der Druckgraphik war einer der Höhepunkte die Iconologia des Cesare Ripa aus Perugia (Rom, 1593 und 1603), in der unter *Treue* neben der Abbildung zu lesen steht: «Weißgekleidete Frau, die in der Rechten einen Schlüssel hält und zu deren Füßen ein Hund liegt. Der Schlüssel stellt die Geheimhaltung dar, die man den Dingen der Treue und Freundschaft zukommen lassen soll.» Unter *Autorität und Macht* steht zu lesen: «Eine Matrone ... die in der erhobenen Rechten zwei gekreuzte Schlüssel hält ... die Schlüssel bezeichnen die geistige Macht und Herrschaft ... sie hält diese Schlüssel in der Rechten, denn die geistige Macht ist größer und edler als die anderen, ebenso wie die Seele edler ist als der Leib ... sie hält die Rechte mit den Schlüsseln zum Himmel erhoben, um zu zeigen: *Omnis anima potestabius sublimioribus subdita fit*». In der Heraldik ist der Schlüssel auf dem Wappen normalerweise senkrecht angeordnet, wobei der Bart nach oben und rechts gewandt ist; doch manchmal ist der Schlüssel auch ganz anders angeordnet und verziert. Zwei Schlüssel sind oft aneinander geknüpft oder ineinander verschlungen. Selten sind zweibärtige Schlüssel. Im päpstlichen Wappen sind die zwei Schlüssel in Form eines Andreaskreuzes angeordnet und von einer roten oder seltener hellblauen Schnur umschlungen: ein Schlüssel ist golden, der Griff links unten und der Bart rechts oben, und stellt das Paradies dar; der andere ist silbern, mit Griff rechts unten und Bart links oben, und stellt das Fegefeuer dar. Im Wappen werden sie von der päpstlichen Tiara gekrönt.

DER SCHLÜSSEL IM WAPPEN

Im weiten Feld der Embleme und Symbole gehört das sprechende Zeichen, das Wappen, das leicht und unmittelbar zu entziffern ist und auf den Wimpeln und Schildern erscheint, zu den ältesten benutzten Zeichen überhaupt. Rangabzeichen, Kommandostäbe, phallische Zepter entwickelten sich konstant von der Funktion hin zum puren Zeichen. Aus der Gesamtheit dieser Werte und Traditionen entstand zu Beginn des 12. Jahrhundert die reine Grammatik der Zeichen, die aufgrund der Bezeichnung des Überbringers und Entzifferers, des Herolds, Heraldik genannt wird. Von den Wappen aus, die auf den Waffen, den Rüstungen und den Fahnen der Krieger abgebildet waren, dehnte sich das «sprechende Wappen» auf die Siegel, die Münzen, die Wappenunterschriften aus und wurde auch von Frauen, Klerikern, Bürgern, Städten und Zünften verwendet. Zu den Wappen als «sprechende Zeichen» kam im 13. Jahrhundert auch der Schlüssel, als Nachahmung des päpstlichen Wappens, bei dem als erstes die typische Abbildung der beiden gekreuzten Schlüssel erschien, Griff nach unten und Bart nach oben, gekrönt von der Tiara. Ebenso wie das Wappen eine Identifikation für den Ritter bedeutete, der ja von oben bis unten in Eisen gekleidet war, ein Zeichen der Zugehörigkeit für seine Angehörigen und Diener, wurde der Schlüssel für Städte, die Schlüsselstellung an wichtigen Handelsstraßen hatten, z.B. Worms, Chiavenna, Clauzetto, Clauzière, zu einem Bestandteil ihres Wappens. Familien, in deren Namen der Begriff «Schlüssel» vorkam, z.B. die Schlüsselfelder aus Nürnberg oder die Cleff aus Amstel, nahmen diese dann in ihr Wappen auf – drei Schlüssel in einem Feld. Ebenso geläufig war auch das sprechende Wappen: die Marpe von Arnsbergischen waren ursprünglich Schlossermeister und hatten ein Schloß in ihrem Wap-

189. *Wappen von Genf.*
190. *Putte mit Schlüssel. Torwappen. Rouen, um 1890.*
191. *Pulverhorn um 1771 mit einem Schlüssel im von steigenden Löwen gehaltenen Wappen.*
Stadtwappen:

192. *Morbegno (Italien).*
193. *Chiavari (Italien).*
194. *Frascati (Italien).*
195. *Chieti (Italien).*
196. *Worms, Hessen (Deutschland).*
197. *Stade, Preußen (Deutschland).*
198. *Pilsen, (Tschechei).*
199. *Nürnberg (Deutschland).*
200. *Ostende (Belgien).*
201. *Regensburg (Deutschland).*
202. *Riga (Lettland).*
203. *Unterwalden (Schweiz).*
204. *Leignitz, Niederschlesien (Deutschland).*
205. *Este, Herzöge von Modena und Ferrara (Italien).*
206. *Bremen (Deutschland).*
207. *Leiden (Holland).*

189

190

191

«Liebestranks» gehörten, bis hin zum offenen Schmuckkästchen, in dem die Leidenschaft des Geliebten in dem Augenblick eingeschlossen wurde, in dem der Schrein mit dem Schlüssel abgesperrt war. Eine derartige Darstellung befindet sich in Leipzig im Museum der bildenden Künste – *Der Liebestrank*, unbekannter rheinischer Maler des 15. Jahrhunderts. Die Beziehung zwischen dem Schlüssel als männlichem und dem Schloß als weiblichem Prinzip wird in der Überlieferung vieler Völker erwähnt, ebenso auch in einem Lied des deutschen Dichters Ludwig Uhland (1787–1862): *Die Ballade des Grafen Eberstein.* Es handelt sich um eine Art physioplastischer Wahrheit, bei der das Objekt durch seine Gegenwart das Gewollte produziert. Was hingegen die Magie und die Talismane angeht, so zitiere ich einen der besten islamischen Historiker und Soziologen, den Andalusier Ibn Khaldun (1332–1406). In seinen *Muquaddima* (Kap. VI, Abschnitt 27) schrieb er: «Diese Wissenschaften bestehen darin, die Schritte ausführen zu können, mit denen die Seele die Macht erlangt, die Welt der Phänomene zu beeinflussen, sowohl direkt als auch mit der Hilfe himmlischer Zeichen. Der erste Weg heißt *Magie,* der zweite heißt *Wissenschaft der Talismane* ... diejenigen, die magische Fähigkeiten haben, können in drei Gruppen eingeteilt werden. Die erste Gruppe übt ihren Einfluß mit der Macht des Geistes aus die zweite mit einem Talisman .. die dritte mit der Vorstellungskraft.» Außer dem magischen Gegenstand an sich, sei es nun ein Schlüssel oder ein Schloß, wurden auch bestimmte Talismane und Drudenfüße als «Schlüssel» bezeichnet. P.V. Piobb präzisiert in seinem *Formulaire de haute magie* (Paris, 1937): «Was in der Magie als Schlüssel benannt wird, entspricht der Notwendigkeit, sozusagen Abkürzungen zu benutzen, die der Erinnerung bestimmte Entwicklungen vorgeben, deren Hauptbestandteile normalerweise nützlich sind. Ein *Schlüssel* ist deswegen, wenn wir es ganz korrekt ausdrücken wollen, ein menmonisches Schema ... die *magischen Schlüssel* gehören zu einer Gesamtheit traditioneller Daten, deren zahlreiche *principia* von Anfang an absoluter und strengster Geheimhaltung unterlagen, wärend andere wiederum in zahlreichen Abhandlungen dargelegt werden ... es gibt außerdem andere *Schlüssel,* die ihren praktischen Zweck haben, die jedoch lange nicht denselben Wert besitzen. Sie werden allgemein als *kleine Schlüssel* bezeichne

187

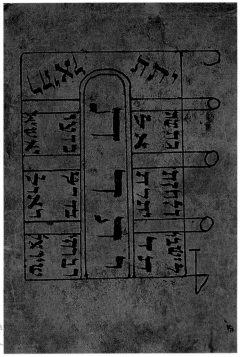
188

SYMBOL UND MAGIE

*Par le cinquieseme et un grand
Hercules Viendront le Temple
ouvrir de
main bellique, Un Clement, Iule &
Ascans
recules, Lespee, clef, aigle, n'eurent
onc si grand picque*

MICHEL NOSTRADAMUS,
Prophezeiungen (1555)

185. *König Salomon zugeschriebener Schlüssel.*

186. *Kabbalaschlüssel, sogenannter Saturnschlüssel zur Zeitregelung bei magischen Praktiken.*

187. *Der Engel sperrt Satan ein. Holzschnitt von Hans Bukmair für die Lutherbibel. Augsburg, 1523.*

188. *Der Salomonische Schlüssel. Miniatur auf Pergament vom Handgeschriebenen Kodex des Michel de Notredame. Istanbul, Bibliothek des Topkapi Sarayi Muzesi.*

Wenn man von Schlüsseln und von Magie spricht, vielmehr von der «Magie der Schlüssel», dann ist es gerechtfertigt, das Kapitel mit einem Zitat des berühmten und vielberufenen Magiers Michel De Notredame zu beginnen. Der bekannte französische Astrologe und Arzt stammte aus der Familie Katharina von Medicis, war ihr persönlicher Hellseher und verfaßte die weltbekannten *Profezie,* die bereits unzählige Wissenschaftler versucht haben zu entschlüsseln. Wir entdecken hier eine weitere symbolische Bedeutung dieses Gegenstandes, obwohl es sich im Falle des Nostradams um «Glasschlüssel» handelt, wie Carlo Patrian richtig bemerkt hat. Das «magische Kind» überlebt im Erwachsenen proportional zu den Neurosen, denen das Individuum ausgeliefert ist, und das irrationale Unbewußte sucht Werte und Sicherheiten in Ritualen und Bedeutungen, die oft nichts objektiv Wirkliches an sich haben. Auch das «Volk» als solches ist oft nur ein als Erwachsener verkleidetes Kind, und somit finden wir zwei Aspekte des «Schlüssels»: seine symbolische Darstellung in der Volkskunst und das talismanische, «Schlüssel» genannte Symbol in der Zauberkunst. Die Volkskunst ist ein unermeßliches Archiv der Metageschichte, das dem Fühlen und Empfinden der Menschen stets nahekam, und sie ist reich an Symbolen. Es geht in erster Linie nicht um Darstellungen mit ästhetischen Zwecken: in den Volksmassen sind Formen und Symbole nur aufgrund ihrer magischen Bedeutung verwurzelt, und ihre Überlieferung ist genau festgelegt und nicht so variabel wie im Ausdruck der gehobenen Kunst. Das Zeichen erhält somit eine magische Bedeutung, und der Schlüssel dient nicht mehr nur dazu, die Haustür zu öffnen, sondern auch die Tür zur Macht, zum Wissen, zur Herrschaft. Bei vielen Nomadenvölkern galt die Arbeit des Schmieds als eine magische Tätigkeit, und noch heute gilt dies für zahlreiche Völker Schwarzafrikas; die Kunst des Eisens an sich ist mit den magischen Symbolen verknüpft. Das Schloß wurde für Rituale verwendet, zu denen auch der «Liebeszauber» und die Herstellung eines

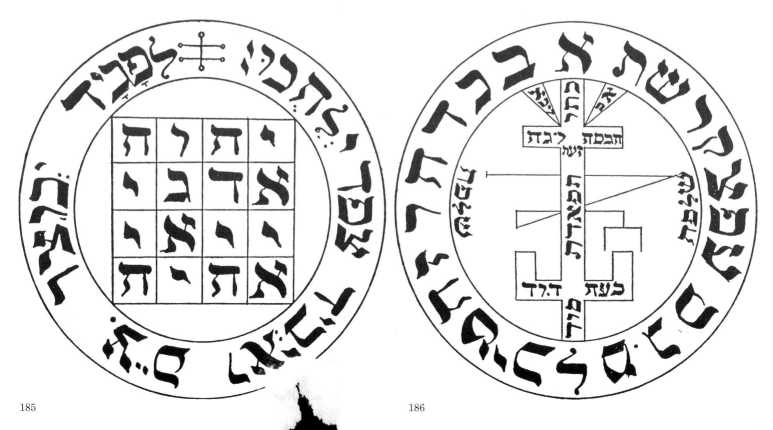

181

182

183

begann jedoch zu dieser Zeit der Verkauf von Sklaven aus Afrika nach Amerika, wobei vor allem britische und spanische Händler am Werk waren. Etwa drei Millionen Menschen wurden ihrer Heimat entrissen, in den Schiffsbäuchen angekettet und dann in Brasilien, den Antillen oder den britischen Kolonien Nordamerikas zu härtester Zwangsarbeit angehalten. In Europa waren Ketten und Fußeisen weiterhin für Verbrecher in Gebrauch – der britische Maler William Hogarth (1697–1764) stellte sie in seinen moralisierenden Serien dar – und es wurden insgesamt, wenn man auch die Ketten mitrechnet, die für die Zug- und Arbeitstiere verwendet wurden, im Lauf der Jahrhunderte Tausende und Abertausende von Fesseln, Handschellen und ähnlichen Instrumente von den Schlossern hergestellt. Üblich war eine kurze Kette mit einem oder zwei Ringen einfachster Verschlußart: eine oder mehrere Metallzungen wurden beim Aufschließen von einem Schlüssel in der Art der römischen Schubschlüssel geöffnet. In anderen Fällen handelte es sich auch um einen Stab mit zwei seitlichen Schlingen für die Knöchel und einem simplen Verschlußmechanismus. Diese finsteren Instrumente erlebten im Lauf der Jahrhunderte praktisch keinerlei technische Weiterentwicklung.

184

EISEN UND KETTEN

Im Jahre 1498 wurde Christoph Kolumbus in Haiti verhaftet, in Eisen gelegt und nach Spanien verfrachtet. Ein seltsames Schicksal für denjenigen, der aufgrund der von ihm gemachten Entdeckung unfreiwillig zur Ursache für die Versklavung und massenhafte Ermordung an der eingeborenen Bevölkerung wurde, wie es der Priester Bartolomé de las Casas (1474–1566) in seinem *Traktat* über die versklavten Indianer 1548 beschrieb. Einige Jahre zuvor hatte las Casas den *Kurzen Bericht über die Zerstörung Westindiens* veröffentlicht, aus dem ich nur wenige, aber bezeichnende Sätze zitieren will: «Von 1524 bis 1535 folgten Massaker und erschreckende Grausamkeiten aufeinander, und es wurden Sklaven gefangengenommen und an die Schiffe verkauft, die Wein, Kleidung und andere Vorräte aus Europa brachten ... um ihre Hunde zu füttern, nahmen die Spanier viele Eingeborene fest, legten sie in Ketten und trieben sie wie Schweineherden vor sich her. Später wurden diese Menschen geschlachtet und das Menschenfleisch wurde öffentlich verteilt. Der eine sagte zum anderen: leihe mir ein Viertel von einem dieser Trottel, damit ich meine Hunde füttern kann, bis ich auch einen schlachte.» In zahlreichen Holzschnitten wurde die Gefangennahme des Christoph Kolumbus illustriert, derartige Szenen wurden jedoch zu allen Zeiten dargestellt. Bereits im *Coer d'amour epris* von Renatus I. d'Anjou, König von Neapel und Jerusalem (1409–1480) sehen wir eine Miniatur (die der König selbst angefertigt haben soll) mit der Darstellung des in Ketten gelegten Coeur: unmenschliche Eisen mit Schlössern, die die Menschheit auf ihrem Weg immer begleitet haben. Sie dienten dazu, die Füße der Schuldner zu fesseln, die der Verbrecher, in erster Linie aber waren sie für die Sklaven bestimmt. Bereits die Mesopotamier, die Juden, die Griechen und vor allem die Römer benutzten diese Eisen. In Griechenland waren 450 v.Chr. etwa 200000 Fußeisen in Umlauf. Aus dem Mittelalter kennen wir die Galeerensträflinge, die an die Ruder gekettet waren, eine römische Tradition, und es gab eine internationale Gesetzgebung, die den Kauf, Verkauf und die Freilassung oder den Freikauf der Sklaven regelte. Gegen Ende des 16. Jahrhunderts begann in Europa die Emanzipation von der Sklaverei – es muß jedoch darauf hingewiesen werden, daß ausgerechnet die Türkei, auf der noch heute üble Vorurteile in dieser Richtung lasten, damals der Staat mit der geringsten Sklavenhaltung war. Es

179

179. *Schelle zum verschließen von Säcken. Volkskunst.*

180. *Gefangener wird zum Kerker geführt. Holzschnitt, 15. Jahrhundert.*

181. *Fessel mit einem festen und einem beweglichen Schloß, deutscher oder dänischer Herstellung, gefunden in Brasilien.*

182. *Fesseln aus Italien, gefunden in Syrien.*

183. *Fesseln mit einem festen und einem beweglichen Schloss. Griechenland.*

184. *Gefangener in Ketten. Miniatur aus dem* Couer d'amour épris *von Renatus d'Anjou, 15. Jahrhundert. Wien, Österreichische Nationalbibliothek.*

180

Die Verzierungen wurden jedoch eher von Kupferstechern oder Waffenschmieden angebracht, nicht so oft von den Schlossern selbst. An den Schlüsseln gab es bemerkenswerte Neuerungen. Das Profil des Bartes war beilförmig und die Öffnung der hohlen Schlüssel war oft rhombenförmig, kleeblattförmig oder noch komplizierter geformt, bis hin zu Buchstaben aus dem Alphabet. In solchen Fällen konnte sich der Schlüssel natürlich nicht um den Dorn im Schloß drehen, und deswegen wurde der Dorn – der das exakte Negativ zur Zeichnung der Schlüsselöffnung darstellte – in eine Hülse eingebaut, die den Schlüsselstiel umhüllte und sich um den Dorn drehte, der an der Grundplatte des Schlosses befestigt war. Eine weitere Neuheit, die vielleicht bereits in früheren Jahrhunderten existierte, jedoch nicht belegt ist, war das Passepartout: Heinrich II. von Frankreich (1519-1559) ließ in Chenonceau von seinem privaten Schlossermeister Antoine Rousseau neue Schlösser anbringen, „in der Art, daß jedes Schloß seinen Schlüssel hat, daß sie jedoch alle mit einem Schlüssel geöffnet werden, der überall paßt und der im Besitz des Königs ist." Natürlich gibt es zu den Schlüsseln des 16. Jahrhunderts auch zahlreiche Anekdoten. Beispielsweise wird berichtet, die Königin Maria von Schottland sei 1568 von einem Halbwüchsigen namens William Douglas aus ihrem Gefängnis in Loch Leven befreit worden, nachdem er die Schlüssel entwenden konnte. Während die Flüchtenden den See in einem Boot überquerten, warf Douglas den Schlüssel ins Wasser. Später wurde er gefunden und geriet in die Hände des schottischen Dichters und Schriftstellers Walter Scott (1771-1832).

177

174. *Innenansicht eines italienischen Schlosses, 16. Jahrhundert.*

175. *Innenansicht eines österreichischen Schlosses, 16. Jahrhundert.*

176. *Ansicht eines Schlosses mit geätzter Vorderplatte.*

177 – 178. *Vorder- Rückansicht eines Truhenschlosses. Umbrein, Ende 16. jahrhundert.*

178

210

212

211

213

208. Allegroisches Frontespiz der Geographia Blaviana *von Jan Blaeu, Anversum 1646.*

209. Die Herrlichkeit der Familie Barberini, *mit Wappen mit Schlüsseln und päpstlicher Tiara. Fresko von Pietro da Cortona, 1643. Rom, Palazzo Barberini.*

210 – 211. *Majolikakacheln zum Pontifikat Alexanders VI., Rom, Ende 15. Jahrhundert. Rom, Engelsburg.*

212. *Die päpstlichen Schlüssel auf einer Keramikkachel aus Viterbo, um 1480.*

213. *Teller mit dem Wappen Papst Julius II. della Rovere, mit zwei Schlüsseln und der päpstlichen Tiara. Deruta, 1510. London, British Museum (mit freundlicher Genehmigung von Herrn Dr. Ferretti, Faenza Editrice, Faenza).*

ZUNFTSYMBOLE IN UNGARN

Einen besonderen Aspekt der Wappenkunde bilden die «Einberufungs-Zeichen» der mitteleuropäischen Zünfte, vor allem in Ungarn: die *behìvòtàbla* (Einberufungszeichen) oder *bemondòtàbla* (Ankündigungszeichen) oder die a *cèt tàblàja* (Berufszeichen). Wenn eine Zunftversammlung aus irgendeinem Grund fällig war, schickte der Magister jedem Mitglied eine Botschaft mit einem kleinen Wappen oder Zeichen, in dem entweder das Schreiben aufbewahrt war, das vielleicht die Namen der Zugehörigen trug oder das einfach als Erkennungszeichen diente, wenn die Botschaft mündlich überbracht wurde. Diese Aufforderung nannte sich *tàbljàratàs:* die Runde des Zeichens. Es handelte sich also nicht um ein Wappen im eigentlichen Sinne, sondern in der Art eines Wappens um eine Symbol der Zunft, eher klein, nie länger als 30 cm. Es legte Zeugnis ab und war Beweis für die Echtheit der Botschaft und ihrer Autorität. In den Anfängen fanden die Versammlungen der Angehörigen bestimmter Zünfte – vielleicht aus symbolischen Gründen – bei der Truhe statt, in denen die Akten, Statuten und Besitztümer der Zunft aufbewahrt wurden. Somit konnte die Aufforderung zur Versammlung auch ergehen, indem der Schlüssel zu dieser Truhe die Runde machte. Die Zunft der Schneider in Koloszvàr (Ungarn) ließ ab 1554 den Schlüssel der Truhe herumgehen, der dann 1678 von einem symbolischen Schlüssel ersetzt wurde, mit großem, dreilappigem, von einem zweiköpfigen, gekrönten Adler überragtem Griff, Profilrohr und eher konventionellem durchbrochenem Bart. Dieser Schlüssel wurde in einem kostbaren, mit Samt ausgeschlagenen Etui aufbewahrt. Davon ausgehend verwendeten die großen Zünfte den Begriff des «Zeichens» und der «Runde des Zeichens», um die Einberufung und im übertragenen Sinn die Versammlung selbst zu bezeichnen.

214

214. *Einberufungsschlüssel der Schneiderzunft von Koloszvàr. Cluj-Napoca, Geschichtliches Museum.*

215. *Einberufungszeichen der Schlosserzunft von Miskolc, 1718. Miskolc, Museum Herman Ottò.*

216. *Einberufungszeichen der Schlosserzunft von Veszprém, 1725. Veszprém, Bakony-Museum.*

217. *Einberufungszeichen der Schlosserzunft von Szepsi, 1585. Sàrospatak, Sammlung der calvinistischen Kirche.*

218. *Einberufungszeichen der Zunft der Schmiede, Schlosser und Bäcker von Omonna, 1789. Miskolc, Museum Herman Ottò.*

219 - 220. *Vorder- und Rückseite des Einberufugszeichens der Waffenschmiede und Schlosser von Koloszvàr, 1820. Cluj-Napoca, Geschichtliches Museum.*

221. *Einberufungszeichen der Schlosser von Eperjes, 1604. Bardejov, Sàros-Museum.*

222. *Wappen der Schlosser von Paris, gezeichnet und veröffentlicht von Jean Lamour in senem* Recueil des Ouvrages de Serrurerie, *1767.*

Die kleineren Zünfte sprachen von der «Runde des Schlüssels» oder der «Reise des Schlüssels». Außer diesen neuen Bedeutungen des Schlüssels interessieren uns hier natürlich in erster Linie die Zeichen der Schlosser und Schmiede. Das älteste scheint das aus Szepsi (Tschechoslowakei) zu sein, aus dem Jahre 1585, mit einer Menge spezieller Embleme wie Schlüssel und Schlösser. Die Darstellungen sind in verschiedenen Techniken ausgeführt: gemalt, gestochen, modelliert, und in den Museen von Sàros, Miskolc, Veszprém und im Ungarischen Nationalmuseum von Budapest gibt es zahlreiche Beispiele dafür.

215

216

217

218 219

220

221 222

VORHÄNGESCHLÖSSER

Das Vorhängeschloß hat im Orient eine reiche und lange Geschichte. Es wurde sogar manchmal als ausgesuchte Goldschmiedearbeit gefertigt (beispielsweise die Schlösser an der Tür der Kaaba in Mekka, siehe Seite 26). Im Westen führt es eher das Dasein eines armen Verwandten. Erst ab dem 16. Jahrhundert wurde es häufiger erwähnt, obwohl es schon in römischer oder byzantinischer Zeit Vorhängeschlösser gab. Kleine verschließbare Schränke für Speisen wurden traditionell mit Vorhängeschlössern gesichert, und auch an den Tafeln der Königshäuser setzte sich dieser Brauch noch lange fort. Dazu paßt die hübsche Miniatur (um 1515–1520) des *Grimaldi-Breviers*, die Gerard Hormbut oder Hans Memling zugeschrieben wird (Venedig, Biblioteca Marciana). Mit der Zeit nahm das Vorhängeschloß eine eigene Form an, obwohl es mit wenigen Ausnahmen nie so akkurat und fein gearbeitet wurde wie die Schlösser, insbesondere die Meisterstücke. Es gab recht große Vorhängeschlösser, die bis zu 10 kg schwer waren. Dieses Verschlußsystem stellte jedoch in erster Linie einen Gegenstand für den täglichen Gebrauch dar, und nicht immer zu angenehmen Zwecken, wie wir bereits feststellten: Vorhängeschlösser benutzte man für die Fußeisen der Gefangenen, der Sklaven und der Tiere. Die Modelle waren entsprechend: sie änderten sich bis zum 18. Jahrhundert wenig, es entwickelten sich nur die Mechanismen weiter, die das Auffinden des Schlüssellochs erschweren sollten: Skalen mit einzustellenden Zeigern, Deckbleche oder lange Buchstaben- und Zahlenkombinationen. Im Orient war weiterhin das Schloß mit Dorn oder Nadel in Gebrauch, vor allem in der Ausführung mit Federzungen. In Europa wurde diese Art zwar für Fußeisen und Fesseln verwendet, doch allgemein setzte sich das Schloß mit Bügel durch, wobei die Öse auf verschiedene Weise gehalten wurde. Es gab entweder ein Gelenk, ein an einer Seite anzuhebendes Ende, wobei das andere Ende entweder eine Kerbe oder eine Öse hatte, um das Ende des Bügels aufzunehmen. Mathurin Jousse de la Flèche schrieb 1627: «Sie wurden rund, herzförmig, dreieckig, schildförmig, viereckig, flach, oval, eichelförmig und in vielen

223. Dänisches Vorhängeschloß mit den Buchstaben A und C und dem Datum 1509.

224. Zwei kugelförmige Vorhängeschlösser aus Nürnberg, 16./17. Jahrhundert.

225. Deutsches Vorhängeschloß aus dem 16. Jahrhundert.

226. Deutsches Vorhängeschloß aus dem 16. Jahrhundert mit blockierbarem Mechanismus.

227. Drei italienische Vorhängeschlösser aus dem 16. Jahrhundert.

223

224

225

226

227

228

229

230

231

232

233

234

anderen Formen hergestellt, je nach der Kunstfertigkeit der Handwerker; die einen oder anderen sind in der Herstellung nicht schwieriger, denn die Teile des Mechanismus sind begrenzt, und sie sind auch einfach zu öffnen.» Und weiter: «Es werden Vorhängeschlösser hergestellt für Türen, für Schatztruhen, und sie müssen massiv sein mit hervorragenden Federteilen, damit sie den Aufbruchversuchen mit verschiedenen Werkzeugen widerstehen können.»

228. *Vorhängeschloß aus Bologna, 16. Jahrhundert, mit drehbarem Bügelring.*

229. *Italienisches Vorhängeschloß aus dem 16./17. Jahrhundert mit verdecktem Schlüsselloch.*

230. *Deutsches Vorhängeschloss aus dem 16./17. Jahrhundert mit verziertem Korpus.*

231. *Drei deutsche Vorhängeschlösser aus dem 16. Jahrhundert in «Taschenform», einer in Indien üblichen Stilrichtung.*

232. *Zwei italienische Vorhängeschlösser aus dem 16. Jahrhundert mit rohrförmigem Korpus und Schraubenschloß, nach türkischem Vorbild.*

233. *Ungarisches Vorhängeschloß, 16./17. Jahrhundert.*

234. *Vorhängeschloß aus Bologna, 16./17. Jahrhundert, mit drehbarem Bügelring.*

FRANZÖSISCHER BAROCK

235. *Innenansicht eines französischen Truhenschlosses, 17. Jahrhundert.*

236. *Französischer Schlüssel, ausgehendes 17. Jahrhundert.*

237. *Französischer Schlüssel, 17. Jahrhundert.*

238 – 239. *Rückseite eines französischen Schlosses mit Strichverziehrung von Homer Mourie (Moureau), 1636: Zwei Kronen, rechts mit Schild und links mit Initialen; Innenseite der Vorderseite. Paris, Museum Bricard.*

240. *Innenseite des Deckels eines Marinetresors mit zwölf Verschlüssen. Um 1620, Museum Bricard.*

235

Im 17. Jahrhundert veränderte das Schloß, vor allem in Frankreich, sein Aussehen und seine Machart ganz erhablich. In der ersten Hälfte des Jahrhunderts wurde es massiver, vor allem in der Verzierung, so daß jeder noch so kleine verfügbare Raum verziert und durchbrochen und jeder Nagel und Niet nochmals zusätzlich gestochen oder gehämmert wurde. In dieser Zeit herrschte ein Überfluß an Meisterstücken und zwar nicht nur zum Zwecke der Zulassung zur Zunft, sondern auch zur reinen Dekoration der Wohnungen der herrschenden Klasse. Türschlosser wogen in dieser Zeit bis zu 7 kg, doch die Mechanismen hatten mit einer derartigen Entwicklung nicht Schritt gehalten und waren immer noch relativ einfach. Außer dem vom Schlüssel bewegten Riegel, der gleichzeitig die Sperrfeder bewegte, war jetzt die zusätzliche Anbringung eines weiteren Riegels gebräuchlich, der manuell bewegt oder von einer eigenen Feder ausgelöst wurde. Das Schlüsselloch war in dieser Zeit meist sichtbar, ohne Zier- und Deckschildchen, jedoch rundherum verziert und veredelt. Die jetzt gängigen hydraulischen Winden erlaubten die Herstellung dünnerer Bleche und eine genauere Eisenverarbeitung. Außerdem wurden für alle Teile des Schlosses nun Schrauben und Muttern verwendet, und man konnte es zu Reparaturzwecken zerlegen. Die Schlüsselgriffe waren in dieser Zeit mit einfachen geschwungenen Bögen verziert, oft auch mit symmetrischem, «Froschschenkel» genanntem Profil, manchmal auch mit asymmetrischer Anordnung, genannt *rocailles*. Es waren bronzene Griffe auf eisernen Schlüsseln in Gebrauch. Vor allem in den deutschsprachigen Ländern war oft ein kugelförmiges Gesenk auf mehreren Kehlungen die Basis für den geschwungenen Ring. Der Halm war entweder traditionell gerade oder über dem Bart etwas breiter, wobei besonders bei den spanischen Schlüsseln eine harmonische, sanfte Linienführung auffält. Manchmal wies der Halm auch reiche Profile und Verzierungen auf, und bei den englischen Schlüsseln wurde gegen Ende des Jahrhunderts eine Vielfalt an Formen und Variationen entwickelt, die die Anpassung des barocken Schlüssels an die entsprechende Architektur schließlich vollendete. Ludwig XIII. (1601–1643), der König von Frankreich, war selbst, wie gesagt, ein Hobbyschlosser. Es ist jedoch gewiß übertrieben, ihm die Erfindung des längsachsensymmetrischen Verzierungsmotivs zuzuschreiben, das viele Schlüsselgriffe seiner Zeit ziert. Es handelt sich um eine für diese Epoche typische Verzierung mit paarweise angeordneten Delphinen, Wimpeln und anderen Elementen des frühen Barock. Es waren wohl eher die Neuerungen des Schlossermeisters Androuet du Cerceau, die diese Art der Verzierung weiter verfeinerten. In Fontainebleau arbeitete auch der bürgerliche Schlosser Rossignol für Ludwig XIII., Gründer einer Schlosserdynastie, die bis zur Zeit Ludwigs XV. bei Hofe tätig war. Auf seinen Namen geht der französische Begriff *rossignol*, d.h. Dietrich, zurück. Aus dem 17. Jahrhundert stammen auch einige wichtige Traktate zur Kunst und Wissenschaft, die Basis für das kommende Zeitalter der Aufklärung. Dieser positivistische Eifer wirkte sich auch auf die Schlosserkunst aus, und das absolute Meisterwerk stellt *La fidelle ouverture de l'art du serrurier* (1627) dar, verfaßt von Mathurin Jousse de la Flèche. Darin ist zu lesen: «Unter allen mechanischen Künsten ist keine, die hinsichtlich ihrer Nützlichkeit und Notwendigkeit mit der des Schlossers zu vergleichen wäre. Diese Erfindung ist so uralt, daß sie so alt zu sein scheint wie die Welt selbst.». In einem weiteren Werk, der *Traité de l'art de faire des serrures ed d'autres objets*

236

238

239

237

240

241

242

243

intéressants, stellt Mathurin Jousse nochmals fest: «Ich will nur sagen, daß diese Kunst als eine der wichtigsten anerkannt ist; aufgrund ihrer antiken Ursprünge, ihrer Notwendigkeit, der wunderbaren Erfindungen, die sie hervorgebracht hat und immer noch hervorbringt und vor allem aufgrund der edlen Ausführung unserer französischen Künstler, die sie zu einer derartigen Vollendung geführt haben, daß nichts mehr zu wünschen übrig bleibt. Ich fordere sie dazu auf, in ihrem Tun zum Wohle und zur Ehre des Vaterlands nicht nachzulassen.» Mathurin Jousse gelang es auch, von Ludwig XV. eine Reform der *Statuten der Schlosserzunft* zu erlangen (1650), in der es unter anderem heißt, die Schlosserkunst gehöre zu den vier freien Künsten, neben der Malerei, der Bildhauerei und der Musik. In den Statuten ist übrigens die Herstellung von Schlössern aus Holz strengstens untersagt. Doch nicht

244

245

246

nur in den Fachtraktaten wurde das Schloß als solches gelobt. Der Kunsthistoriker André Félibien des Avaux (1619–1695) schrieb in seinem *Principes d'architecture* (1676): «Die Schlösser, die in alten Zeiten für Türen, Truhen und Schränke gefertigt wurden, waren außen befestigt, und einige Künstler stellen heute ähnliche her und schaffen damit Meisterwerke.»

241. *Französischer Schlüssel mit Wappen und Initialen des Herzogs von Orléans Philippe (1640–1701).*

242. *Französischer Schlüssel für Anna d'Evreux, Oberin des Karmelitinnenklosters von Paris, 1652.*

234. *Zwei französische Schlüssel aus Navarra.*

244. *Französischer Schlüssel, 17. Jahrhundert*

245. *Schweizer Tresorschlüssel um 1680.*

246. *Französischer Schlüssel um 1680.*

247. *Eisernes Schmuckkästchen mit Geheimverschluß, 17. Jahrhundert.*

248. *Schlüssel für kleinen Tresor oder für Geheimfach. Frankreich, 17. Jahrhundert.*

247

249. *Französischer Schlüssel, 17. Jahrhundert.*

250. *Clé de mariage (vom Bräutigam am Tag der Hochzeit als Zeichen der Herrschaft über das Haus der Braut überreicht). Frankreich, 17. Jahrhun-*

248

249

250

251

252

253

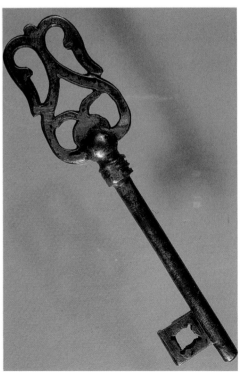

254

251. Schlüssel für einen Sekretär aus dem Besitz Jean de la Fontaines (1621–1695).

252. Schlüssel des Oberschöffen von Paris. Frankreich 17. Jahrhundert.

253. Französischer Schlüssel der Bürgerschaftsvertretung. 17. Jahrhundert.

254. Französischer Schlüssel aus dem 17. Jahrhundert, vielleicht ein Kämmererschlüssel.

255. Großes italienisches Schloß um 1680. Innenteil mit durchbrochenem Deckel.

255

DER SCHLÜSSEL IM BAROCK

barocken Formen, ohne die Formen früherer Jahrhunderte in Betracht zu ziehen. Ich bin sogar der Meinung, daß ein Vorhängeschloß, vor allem in der Art mit symmetrisch geschwungenem Korpus und doppeltem Bogen in seiner Monumentalität den Geschmack dieser Epoche genauer wiedergibt als ein Gebäude oder ein Gemälde. Der Barock entstand in Italien, und er kann als überbetonte Weiterentwicklung des Manierismus gesehen werden, die eher von gesellschaftlichen und politischen als von ästhetischen Ursachen in Gang gesetzt wurde. Die Kunst veränderte sich und wurde pompös statt grandios. Die Schlösser und alle an ihnen angebrachten Verzierungen konnten sich dieser neuen Auffassung nicht entziehen. Rom war die treibende Kraft, genauer gesagt die Jesuitenkirche, die hier 1573 nach Vorbildern erbaut worden war, die den religiösen Ritus als kollektives Phänomen im Gegensatz zum manieristischen Gefühlsindividualismus sahen. Dem Gläubigen wurde so das dominierende Gewicht der katholischen Religion durch das dominierende Gewicht ihrer Gebäude nahegebracht. Die Kirche entwickelte diejenigen Elemente weiter, die beeindruckend

256

oder erstaunlich waren, und durch diese Übermacht wurden die Gefühle erstickt und die Virtuosität behielt die Oberhand vor der Inspiration. Zu Beginn des 17. Jahrhunderts waren diese Elemente im päpstlichen Rom bereits ausdefiniert, und von hier aus verbreiteten sie sich in ganz Europa bis nach Lateinamerika. Jeder Staat reagierte auf diese neuen Einflüsse gemäß dem religiösen und politischen Klima, das in ihm herrschte. Deswegen entwickelte auch jede Nation einen ihr eigenen barocken Stil und eigene Merkmale. Nach und nach wandelte sich der Barock vom Ausdruck religiöser Macht hin zum Ausdruck weltlicher Macht.

Allgemein gilt das 17. Jahrhundert als eine Zeit ästhetischer Dekadenz mit schwerer, imposanter, schwüler Linienführung, voller Wiederholungen und ohne Erfindungsgeist und Raffinesse. Ein Jahrhundert der pietistischen Strenge, finster in Italien und eingedeutscht im Norden. Das mag so sein, stimmt jedoch nur bei den Künsten, die im Dienste des politischen Triumphalismus standen. Auch die Kunst der Schlüssel und Schlösser hielt sich eng an die

257

258

259

260

256. Schloß mit halbtourigem Schnappschloss aus Bergama (Türkei) nach einem dalmatinischen Vorbild.

257. Drei spanische Schlüssel um 1680.

258. Spanischer Schlüssel, Anfang 17. Jahrhundedt.

259. Italienischer Schlüssel, 17. Jahrhundert.

260. Spanischer bourbonischer Schlüssel aus dem 17. Jahrhundert.

261

262

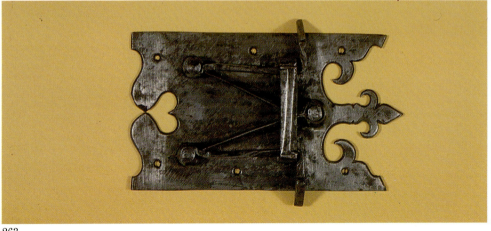
263

Von der Vorherrschaft der Kirche in Italien zu Beginn des Jahrhunderts ging die Entwicklung hin zur Übermacht des französischen Hofs gegen Ende des Jahrhunderts. Typisch für die barocke Kunst war die szenische Aufteilung des Raums. Alle Bestandteile eines Kunstwerks wurden eingesetzt, um Staunen und Bewunderung zu erzeugen, um gemeinsam, als Einheit aller Teile, ein Ganzes zu bilden. Aus diesem Grund wurden dem Licht und der Bewegung große Bedeutung eingeräumt. Gebrochene und geschwungene Linien, die sich soweit als möglich gegenüberstanden, architektonische Elemente wie Leisten und Simse, die für Hell-Dunkel-Effekte sorgten und das Element der Bewegung, das durch sprudelnde Brunnen und agierende Statuen suggeriert wurde, wirkten harmonisch zusammen. Das Kunstwerk wurde als Einheit konzipiert: das Äußere eines Gebäudes war eine Einleitung zum Inneren, seiner logischen Konsequenz, und das Gebäude war nicht isoliert von seiner Umgebung, sondern bildete eine Einheit mit ihr durch die statuengeschmückten Alleen und anderen architektonischen Elemente, die es umgaben, durch den Park, der auf der Rückseite zum Verweilen einlud. In diesem Zusammenhang waren auch die Schlösser und Schlüssel harmonisch zu dem Ganzen konzipiert und fielen nicht weniger monumental aus als der Rest des Gebäudes. Daraus können wir schließen, daß in der Gotik die Schlosserkunst den architektonischen Stil treu nachahmte, im Barock sie sich ebenso mit dem Stil vermählte, doch sie steht den größeren und wichtigeren Werken mit Unabhängigkeit und Individualität, mit eigenen Formen, Werten und Bedeutungen zur Seite. Vielleicht hat das Eisen der Schlösser nur im 17. Jahrhundert, und vor allem in Deutschland, einen so unverwechselbaren Charakter angenommen.

261. Vorderseite eines Schlosses aus Mailand mit durchbrochener Verzierung. 17. Jahrhundert.

262. Mechanismus eines Torschlosses. Norditalien, 17. Jahrhundert.

263. Innenteil eines ligurischen Federblattschlosses mit Schnappverschluß und doppeltem Riegel.

264. Truhenschloß. Norditalien, 18. Jahrhundert.

265. Innenteil eines Truhenschlosses. Norditalien, 17. Jahrhundert.

266. Innenansicht eines Truhenschlosses mit Warnglocke. Armenische Arbeit (Türkei) nach dalmatinischem Vorbild.

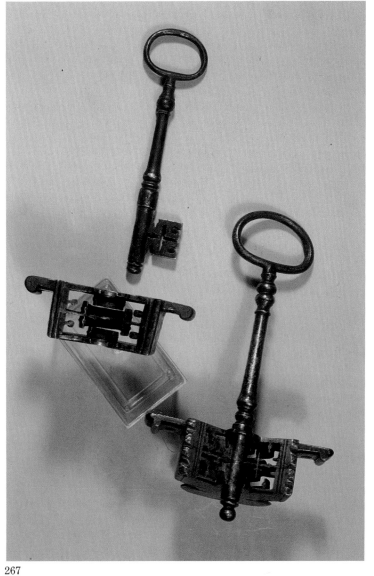

267

268

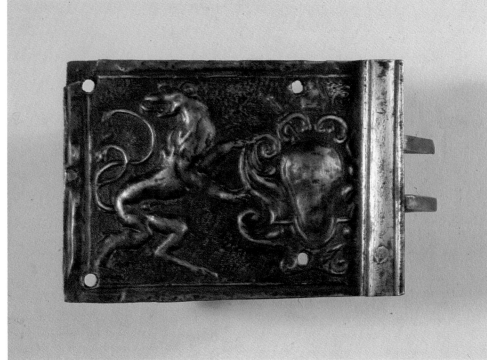

269

267. Zwei Piemonteser Schlüssel, 17. Jahrhundert.

268. Drei Florentiner Schlüssel, 17. Jahrhundert.

269. Schloß, Vorderansicht. Trient, 17./18. Jahrhundert.

270. Zwei Piemonteser Schlüssel, 17. Jahrhundert.

271. Zwei Bologneser Schlüssel, 17. Jahrhundert.

272. Ligurischer Schlüssel, 17. Jahrhundert.

273. Bergamaskischer Schlüssel, 17. Jahrhundert.

274. Zwei Schlüssel aus Südtirol, 17. Jahrhundert.

270

271

272

273

274

275

276

277

278

279

280

275. Zwei italienische Schlüssel mit Monogrammen im Griff. 17. Jahrhundert.

276. Drei Schlüssel aus Südtirol, 17. Jahrhundert.

277. Schlüssel aus Südtirol mit typischen Messingverzierungen, 17. Jahrhundert.

278. Italienischer Schlüssel, 17. Jahrhundert.

279. Drei italienische Schlüssel, 17. Jahrhundert.

280. Drei italienische Schrankschlüssel um 1680.

281. Drei Schlüssel mit verzierter Reide. Norditalien, 17. Jahrhundert.

281

282

283

284

282. *Italienischer Schlüssel, 17. Jahrhundert.*

283. *Spanischer Schlüssel, 17. Jahrhundert.*

284. *Florentiner Schlüssel mit Silbergriff, 17. Jahrhundert.*

285. *Neapolitanischer Schlüssel, 17. Jahrhundert.*

286. *Italienisches Schloß für Schmuckkästchen, 17. Jahrhundert.*

287. *Italienisches Truhenschloß, 17. Jahrhundert.*

288. *Sizilianischer Schlüsel, 17. Jahrhundert.*

289. *Römischer Schlüssel, 17. Jahrhundert.*

290. *Italienischer Schlüssel, 17. Jahrhundert.*

285

286

287

288

289

290

SCHLÜSSEL DER NIEDERLAGE

291. Die Übergabe einer türkischen Stadt an die Serenissima. *Gouache von Giovan Battista Tiepolo (1696–1770.)*

292. Die Übergabe von Breda, *Diego Velázquez (1559–1660). Madrid, Prado.*

293. *Arkebusenschlüssel, um die Schrauben der Arkebuse anzuziehen und sie zu laden. Deutschland, 16. Jahrhundert.*

294. *Arkebusenschlüssel. Frankreich, 16. Jahrhundert.*

295. *Arkebusenschlüssel mit Pulverhorn. Italien, 17. Jahrhundert.*

Sie waren Zeichen der Sicherheit und des Vertrauens bei der Übergabe eines Eigentums, bei Allianzen zwischen Nationen, Symbol für Eigentumsrechte, für Ämter, für Richter ... Um jede Niederlage, Verteidigung und Kapitulation ranken sich Geschichten von Schlüsseln, um die Tausende von Schlachten um die Mauern einer Stadt oder einer Burg. Perrinet le Clerc, ein französischer Schlossermeister, hatte die Schlüssel eines Stadttors von Paris in Verwahrung, der *Porte de Bouci*. Sein Sohn, Perrinet le Féron, ebenso Schlossermeister, nahm sie ihm in der Nacht des 29. Mai 1418 weg und öffnete den burgundischen Truppen unter Jean de Villiers de l'Isle Adam das Tor. So fiel die Stadt in die Hände des Herzogs von Burgund, der den jungen Schlosser ehrte und ihm ein Denkmal auf dem Mont Saint Michel errichten ließ. Als Karl XII. am 12. November 1437 Paris zurückeroberte, ließ er die Statue wiederum niederreißen. Von Schlüsseln sprach auch Leonardo da Chio, der Bischof von Mytilene, als er den Fall Konstantinopels beschrieb (1453). In einem *Bericht*, den er dem Papst Nikolaus V. zusandte und der in ganz Europa veröffentlicht wurde, schrieb er: «Der Kapitän (des byzantinischen Kaisers) vergaß die Rettung seiner Stadt ... und zeigte seine Furcht ... daraufhin verloren all seine Kommilitonen ihren Mut, ihre Kräfte schwanden und aus Furcht, ihr Leben zu verlieren, folgten sie ihm nach. 'Gib meinem Knappen den Schlüssel zum Stadttor', sagte der Kapitän zum Kaiser, und als das Tor geöffnet wurde, drängten sich alle und wollten als erste hinaus» (S. 43, 440/449). Der Schlüssel wurde vor allem dann zum Symbol der Macht, wenn der Besiegte ihn dem Sieger überreichte und ihm so außer der Stadt selbst auch das Leben der Bürger und sein eigenes Leben anvertraute. Die Skizze von Giovan Battista Tiepolo (1696–1770) *Übergabe einer türkischen Stadt an die Serenissima* ist zwar im leichten, frivolen Stil des 18. Jahrhunderts gefertigt, voller Licht und Wolken, und der Schlüssel liegt weich auf einem Kissen, doch er bleibt das Zeugnis der Traurigkeit und Furcht der Besiegten und des Triumphes der Sieger. In diesem Zusammenhang ist Velázquez' Übergabe von Breda ein sehr wichtiges Gemälde. Dargestellt wird der Augenblick, als Justinus von Nassau, der Kommandant der niederländischen Festung am 5. Juni 1625 dem Genueser Ambrigio Spinola, Kommandanten der spanischen Truppen, den Schlüssel der Stadt überreicht. Velázquez malte dieses großformatige Bild (307 x 367 cm) zehn Jahre nach dem tatsächlichen

291

Ereignis und stützte sich dabei auf einen detaillierten Bericht. In seinem Bild fällt auf, daß man bei der Überprüfung der Diagonalen, der Vertikalen und der Horizontalen den großen Stadtschlüssel mit seiner Kordel genau in der Mitte des Bildes wiederfindet, umrahmt vom Arm des Genuesen, den Leibern der beiden Generäle und ihren Hüten. Nie wurde der Schlüssel als solcher derart hervorgehoben und geehrt. Ein weiteres «Denkmal» für den Schlüssel an sich finden wir in dem Werk des Bildhauers Auguste Rodin (1840–1917) Die Bürger von Calais, das an die Übergabe der Stadt an die Engländer im Jahre 1347 erinnert. Die sechs Bürger sind barfuß, zerzaust und mit Stricken um den Hals dargestellt, auf dem Weg zu König Eduard III. und zur Übergabe der Stadt. In der Skulptur selbst fehlt der Schlüssel, doch seine ideelle Präsenz, der Roman, der sich um ihn rankt, ist von großer Präsenz.

294. *Clef d'arquebuse. France, XVIe siècle.*

295. *Clef d'arquebuse avec corne à poudre. Italie, XVIIe siècle.*

DEUTSCHLAND UND DIE NIEDERLANDE

Um eine Geschichte der Schlösser und Schlüssel zu verfassen, die sich ausschließlich auf Abbildungen stützt, würden die Schlosserkunst in Deutschland und Flandern die meisten Möglichkeiten bieten. Hier waren der irdische und der himmlische Gerichtshof, das religiöse und das alltägliche Leben tatsächlich gleichermaßen vertreten, wobei die Darstellung derart dicht an der Wirklichkeit blieb, vor allem im Bereich der Kupferstiche, daß ein riesiges Repertoire an bildlichen Darstellungen vorliegt. In Deutschland war die Schmiedekunst außerdem schon immer sehr beliebt, man liebte die Stärke und die Farbe des Eisens, und dieses Metall genoß sowohl in der großen als auch in den kleineren Künsten immer eine privilegierte Stellung. Man könnte damit romantischerweise eine Anhänglichkeit an die barbarischen Ursprünge verbinden, eine Treue gegenüber dem Nomadenvolk, das die Kunst und die Geheimnisse der Eisengewinnung und -verarbeitung nach Europa gebracht hatte. Bei der Kunst des Schmiedeeisens müssen wir beispielsweise Jörg Schmidhammer aus Prag anführen, der die Umzäunung für die Grabstätte Maximilians I. in der Hofkirche zu Innsbruck schuf (1573); Hans Mezger, der den schmiedeeisernen Schmuck für die Fugger-Grabstätte in Augsburg herstellte (1588), Luca Sea, der die Tür des Mausoleums für Herzog Karl II. in Seckau in der Steiermark ausführte (1587–1592). Bei der Schlosserkunst scheinen die technischen Qualitäten zu überwiegen, die schönen Mechanismen der halbtourigen Schlösser, außerdem ein ganz typisch deutsches Schloß, das an der Wurzel der Stange eine Feder trägt, die den Mechanismus aufdrückt. Hans Ehemann, Schlossermeister in Nürnberg, hatte bereits 1507 ein Kombinationsschloß erfunden; und Leonhard Danner (1505–1585) die sogenannte Brechschraube: ein komplizierter Mechanismus, mit dem die Schlösser ohne große Geräuschentwicklung von den Türen abgenommen werden konnten, für Diebe jedoch nicht platzsparend genug und für die Auftraggeber vollkommen wertlos. Einer der größten Hersteller von Schlössern war Bartholomäus Hoppert (1648–1715), gebürtig aus Ansbach, der jedoch in Nürnberg tätig war,

296. *Zwei deutsche Schlüssel, 17. Jahrhundert.*

297. *Bügelschloß. Innsbruck, um 1620.*

298. *Großes deutsches Schloß mit zerlegbarem Eingerichte. Deutschland, um 1680.*

298

dem Zentrum der Schlosserkunst. Er arbeitete in Holland, England, Dänemark, Schweden und am Hof König Ludwigs XIV. in Frankreich. In Nürnberg schuf er 1677 sein Meisterwerk, zumindest der Meinung seiner Schüler und Bewunderer nach: den Tresor des Kaisers Leopold. In Süddeutschland war David Nordmann (1695–1762) der berühmteste Schlossermeister. Er arbeitete in Regensburg, schuf schwere, doch elegante Schlösser und außerdem das wunderschöne Geländer des Chors in Sankt Blasius. Die große Schlosserkunst in Deutschland wurde auch von dem Tiroler Johann Georg Oegg (1703–1780) vorangetrieben, der in Würzburg für den Fürstbischof Friedrich Karl von Schönborn tätig war. Er führte auch Arbeiten für Prinz Eugen in Wien und in seiner Heimat aus. Eines seiner Meisterwerke ist der Kammerherrschlüssel für den Fürstbischof Adam Friedrich von Seinsheim (1755–1779).

Im 16. Jahrhundert, so heißt es zumindest in den (nicht immer zuverlässigen) Chroniken, erschien erstmals auch ein merkwürdiges Gerät, dessen erstmalige Benutzung den Florentiner Damen zugeschrieben wurde: der sogenannte Keuschheitsgürtel. In der Romantik galt er als ein von den Kreuzrittern ihren Ehefrauen umgelegtes Gerät, doch tatsächlich war dies nie der Fall: er wurde vielmehr ab dem 16. Jahrhundert von den Damen beispielsweise auf Reisen oder bei bestimmten Veranstaltungen getragen, wenn Grund zu der Befürchtung bestand, vergewaltigt zu werden; und es sieht ganz so aus, als würde sich in den USA diese Art der Verwendung wieder durchsetzen, insbesondere bei Festen, auf denen Alkohol und Drogen im Überfluß gereicht werden. Im 16. Jahrhundert breitete sich die Verwendung des Keuschheitsgürtels zu Verteidigungszwecken von Deutschland nach Spanien aus, doch aus dieser Zeit sind nur wenige sicher datierbare Exemplare erhalten. Viele der in den Museen ausgestellten Keuschheitsgürtel wurden um 1820–1840 für Sammler hergestellt, weniger zur Benutzung denn als Kuriosum.

299

300

301

299. Tiroler Schloß, Ende 17. Jahrhundert.

300. Deutsches Schloß mit zerlegbarem Eingerichte. 17. Jahrhundert.

301. Zwei österreichische Möbelschlüssel, um 1690.

302. Schlüssel mit typisch hanseatischem Griff und Bart. Norddeutschland, 17. Jahrhundert.

303. Innenansicht eines großen deutschen Schlosses, 17. Jahrhundert.

302

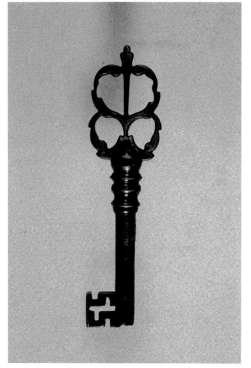

304. *Bayrischer Schlüssel, 17. Jahrgundert.*
305. *Bayrischer Schlüssel, 17. Jahrhundert*
306. *Elsaß-lothringischer Schlüssel, 17. Jh.*

307. *Österreichischer Schlüssel mit (l.) zugehörigem Mechanismus und (r.) Südtiroler Mechanismus. 16./17. Jh.*

308. *Innenansicht eines deutschen Schlosses mit zwei zerlegbaren Mechanismen, 17. Jahrhundert.*

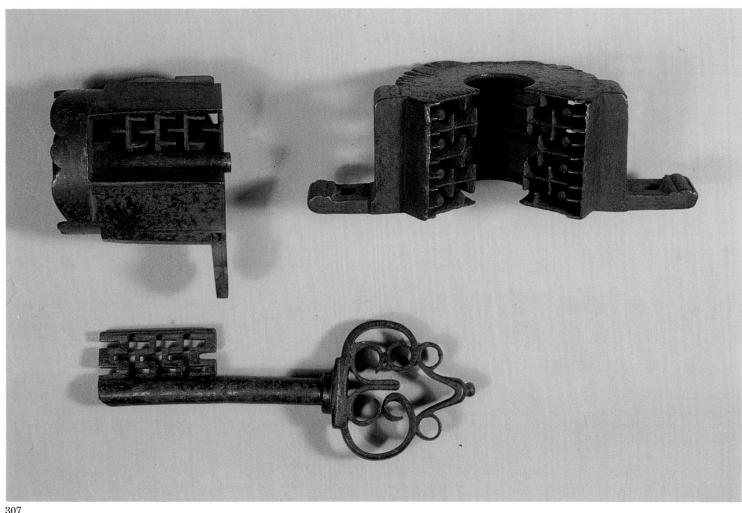

309

310

311

309. *Deutscher Schlüssel, Ende 17. Jahrhundert.*

310. *Ungarischer Schlüssel um 1680.*

311. *Südtiroler Schlüssel, 17. Jahrhundert.*

312. *Deutscher Tresorschlüssel, datiert 1625.*

313. *Deutscher Tresorschlüssel, 17. Jahrhundert.*

314. *Deutscher Gartentorschlüssel, 17./18. Jahrhundert.*

315. *Deutscher Schrankschlüssel, 17. Jahrhundert.*

316. *Deutscher Tresorschlüssel, 17. Jahrhundert.*

312

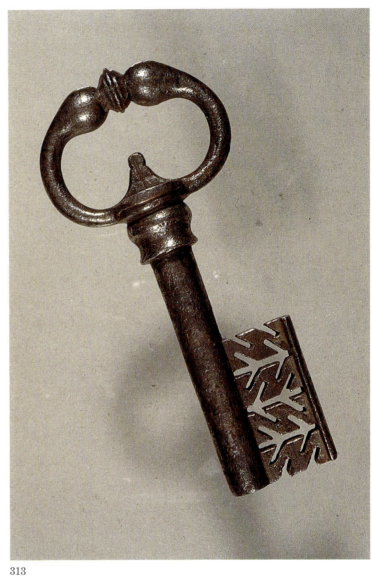

313

314

315

316

317

318

319

320

321

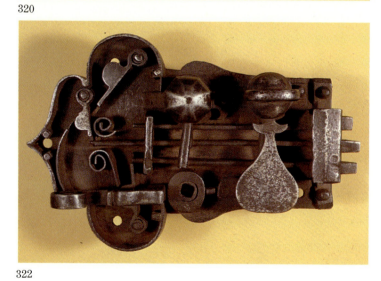

322

317. Deutsches Türschloß, 17. Jahrhundert.

318. Deutsches Türschloß, Ende 17. Jahrhundert.

319. Deutsches Türschloß, Ende 17. Jahrhundert.

320. Deutscher Türbeschlag, 17. Jahrhundert.

321. Türschloß aus München, 17. Jahrhundert.

322. Türschloß aus Sachsen, 17. Jahrhundert.

DAS 18. JAHRHUNDERT IN DEUTSCHLAND

In Deutschland wurden die Schloßkästen nicht in erster Linie rechteckig angefertigt, so wie in den anderen europäischen Ländern, sondern mit einer gebogenene oder gelappten Seite, je nach Wunsch rechts oder links, so daß das ganze Schloß ein wenig an ein Musikinstrument erinnerte. Das Eingerichte war nun in einen beweglichen Zylinder eingeschlossen, der mit Schrauben an der Basis des Schlosses befestigt war. Die Form dieses Eingerichte, an dem seit der Gotik gearbeitet wurde und der nun zur Vollkommenheit gelangt war, war laternen- oder hülsenförmig, und daher rührt auch der name: *chappel, ture, dome*. Die deutschen Schlösser hatten außerdem komplexere Eingerichte, insgesamt gröbere und massivere Formen, und waren sehr sorgfältig verarbeitet. Viele hatten vier Riegel; die Sperren und Hebel waren bemerkenswert genau und raffiniert, und alle Teile waren mit einem einzigen Schlüssel zu bedienen, nur die Klinke wurde von Hand bewegt. Diese Kostbarkeit der Eingerichte und die bemerkenswerte Größe der Schlösser schützte jedoch auch die deutschen Türen nicht vor Dieben, denn sie konnten relativ leicht mit Dietrichen und Nachschlüsseln geöffnet werden. Dort wo der Rokokostil aus modischen Gründen dem französischen Vorbild nacheiferte, waren die Schlösser stärker verziert, jedoch ohne größere Vielfalt an Erfindungen oder Typen. Die flämischen Schlösser ähnelten den deutschen, doch die Büchsenform war weniger ausgeprägt und die Verzierung einfacher.

323. *Vorhängeschloß aus Bologna mit drehbarem Bügelring, 17./18. Jahrhundert.*

324. *Piemonteser Vorhängeschloß, 17. Jahrhundert.*

323

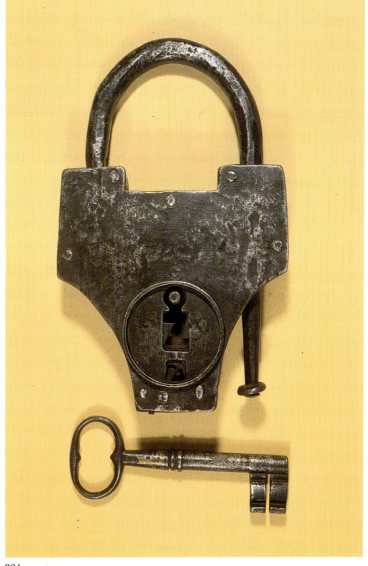

324

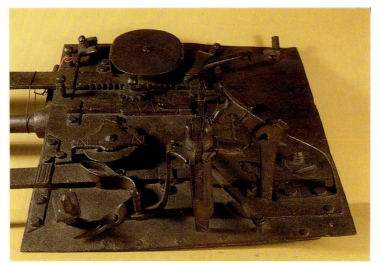

325 – 326. Komplexes Tresorschloß mit Pistole (vorne rechts Abzug und Hahn, Lauf senkrecht, Mündung unten) und zugehörigem Schlüsssel. 17./18. Jahrhundert.

327. Lombardisches Vorhänge- und Geheimschloß, 18. Jahrhundert.

328. Großes italienisches Vorhängeschloß (68 cm), 18. Jahrhundert.

329. Piemonteser Vorhängeschloß, 18. Jahrhundert.

329

330

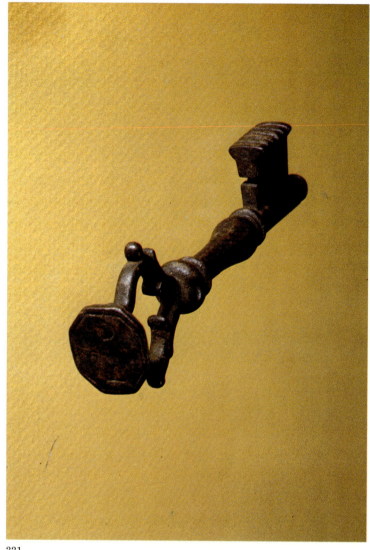

331

332

333

330. *Piemonteser Vorhängeschloß, 18. Jahrhundert.*

331. *Schlüssel mit Siegel am Griff, 17. Jahrhundert.*

332. *Piemonteser Vorhängeschloß, 17. Jahrhundert.*

333. *Italienisches Vorhänge- und Geheimschloß, 17. Jahrhundert.*

DER SCHLÜSSEL IM 18. JAHRHUNDERT UND IM ROKOKO

Das Rokoko war eine frivole Zeit der Vergnügungen und der Verschwendung für die herrschende Klasse, und die Wichtigkeit des Vergnügens als Lebensziel läßt sich auch an den Namen (und den Verwendungszwecken) der typischen Palais der Epoche ablesen, Residenzen und Villen, die in erster Linie dem Zeitvertreib dienten: *Bagatelles, Sans-soucis, Eremitages, Buen Retiro.* Ebenso leichtfüßig und leichtsinnig, frivol und effektvoll war die Dekoration, passend zur Architektur und zur Einrichtung, zur Kleidung und den Gebrauchsgegenständen, so daß alles zusammenpaßte und nichts das Auge stören oder das Gemüt belasten konnte. Diese Entwicklung stand im direkten Zusammenhang mit dem höfischen Handwerk, das Ludwig XIV. in Europa eingeführt und durchgesetzt hatte, allerdings leicht reduziert und etwas mehr dem Nutzen zugedacht. Tanz, Ballett und lustige Theateraufführungen waren die bevorzugten Zerstreuungen der herrschenden Klasse, und die Örtlichkeiten für diese Lustbarkeiten entsprachen auch ihren besonderen Eigenschaften: Grazie, Bewegung und Licht. Der wichtigste und zentrale Teil eines Gebäudes war in dieser Zeit der Ballsaal, umgeben von Seitenflügeln, die als Ruheräume dienten. Der Ballsaal mußte geräumig sein, weit und anmutig, vor allem lichterfüllt, mit großen Flügelfenstern, und ein harmonisches Ganzes bilden, das der *convenance* entsprach und keinesfalls

334. *Glücksbringer der spanischen Handelsschiffe mit verschiedenen apotropäischen Symbolen. Rechts ein Schlüssel. Venedig. Museum für jüdische Kunst.*

335

336

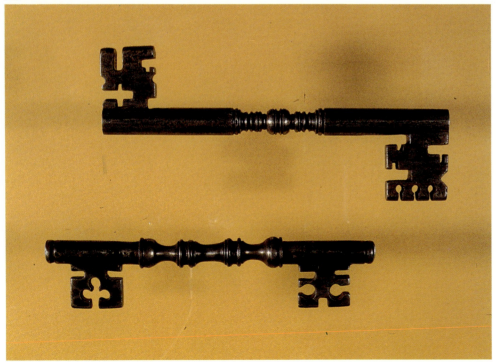

337

338

schwerfällig, störend oder ermüdend wirkte. Im Zeitalter des Barock waren vor allem im Sommer künstliche Grotten in Parks beliebt, mit nachgemachten Felsen dekoriert und mit Muschel- und Steineinfassungen verziert. Dort traf man sich, saß im Schatten, trank Tee und plauderte. Die Verzierungen wurden *style nouveau* genannt und tauchten im Rokoko auf den Wänden und Möbeln der Sommersalons als *style rocaille* wieder auf. Gemeint ist damit eine Verzierung aus Muscheln und Steinchen, die vielleicht auch dem Rokoko erst seinen Namen gab, der ab 1730 geläufig war. Die mächtigen Götter des Olymp, die Tugenden und die eindrucksvollen Statuen wurden nach und nach von Putten, Faunen und Amoretten ersetzt. Die Vorliebe für naive und beschwingte Unschuld ging so weit, daß es Mode wurde, sich in der Art arkadischer Hirtinnen zu kleiden und zu benehmen und sich kleine Pavillons im «ländlichen Stil» bauen zu lassen. Die eisernen Gesetze der klassischen Stilordnung wurden fallengelassen und man gab sich der Eleganz und dem Rhythmus hin. Ganz allgemein wurde die Kunst also bequemer, und auch die Kleidung lockerer und angenehmer, aus Seide mit hellen und leuchtenden Farben, eben die Farben, die wir an den Wänden und auf den Bildern wiederfinden. Die schweren Kontraste der Barockzeit waren vergessen, es herrschte allgemein eine weiche Betonung der Kurven und Wellen. C- und S-förmige Linienführungen überwogen, Symmetrie war als Stilmittel sehr beliebt, eben um jeden Bruch zu vermeiden und die Harmonie zu betonen. Ganz allgemein triumphierte in dieser Zeit das Gefühl über die Vernunft, und ebenso wie die Renaissance als Epoche der Harmonie definiert werden kann, der Manierismus als Epoche der Erhabenheit, der Barock als Epoche des Prunks, so kann man das Rokoko die Epoche

339

der Anmut nennen. Alle Teile eines Bau- oder Kunstwerks wirkten zusammen, um eine angenehme, raffinierte, wohltuende Atmosphäre zu schaffen, und auch die Schlüssel und Schlösser waren zart, elegant, angenehm anzusehn, ihre Linien und Dekorationen harmonierten mit denen des Möbelstücks oder der Tür, zu der sie gehörten.

335 – 336. *Florentiner Schlüssel des 18. Jahrhunderts mit einklappbarem Bart. (links: eingeklappter Bart. rechts: gebrauchsbereiter Bart.)*

337. *Zwei italienische Schlüssel mit doppeltem Bart. 18. Jahrhundert.*

338. *italienischer Geldschrankschlüssel. Ende 18. Jahrhunderts.*

339. *Drei venezianische Schlüssel. 18. Jahrhundert.*

340

341

342

343

344

345

346

347

348

340. *Drei spanische Schlüssel.
18. Jahrhundert.*

341. *Zwei spanische Schlüssel.
18. Jahrhundert.*

342. *Spanischer Ziboriumschlüssel.
18. Jahrhundert.*

343. *Symbolischer spanischer Verlobungsschlüssel. 18. Jahrhundert.*

344. *Dänischer Schlüssel mit Griff in spanischem Stil mit Monogramm.
18. Jahrhundert.*
345. *Zwei Schlüssel aus Palermo.
18. Jahrhundert, mit typsichem Blumenbart.*
346. *Ansicht eines Ziboriums mit symbolischem Schlüssel.*
347. *Römischer Geldschrankschlüssel.
18. Jahrhundert.*
348. *Sizilianischer Schlüssel.
18. Jahrhundert.*

349

350

351

352

353

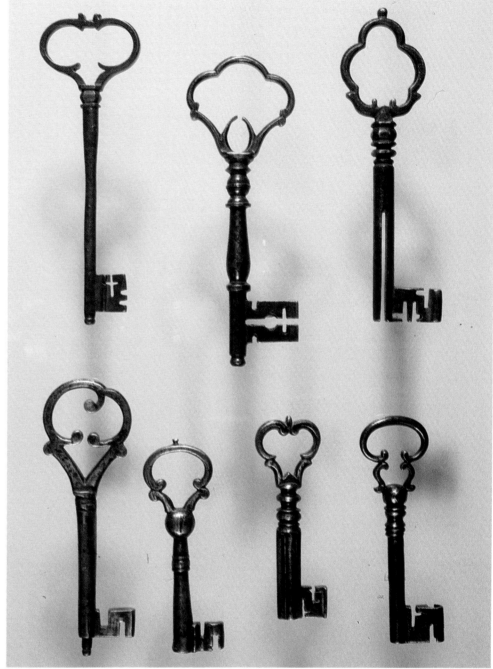

354

349. Zwei spanische Schlüssel, 18. Jahrhundert.

350. Spanischer Schlüssel, 18. Jahrhundert.

351. Spanisches Schloß, 18. Jahrhundert.

352. Zwei italienische Geldschrankschlüssel, Ende 18. Jahrhundert.

353. Zwei Piemonteser Schlüssel, 18. Jahrhundert.

354. Sieben venezianische Schlüsel, 18. Jahrhundert.

355. Drei italienische Schlüssel für Schmuckkästchen. 18. Jahrhundert.

356. Fünf italienische Troumeau-Schlüssel. 18. Jahrhundert.

355

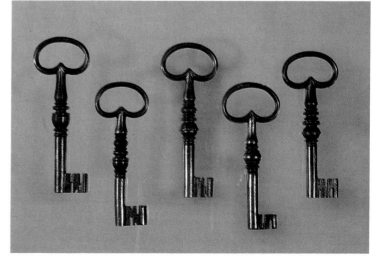

356

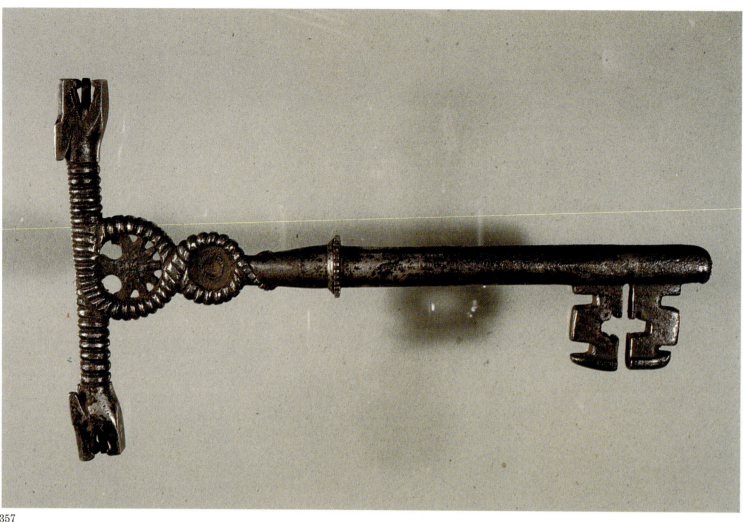

357

358

357. Großer spanischer Schlüssel für ein Klostertor, Anfang des 18. Jahrhunderts.

358. Französischer Schlüssel für Zahnradschloß. 18. Jahrhundert.

DIE SCHLOSSER-KUNST IN GROSS-BRITANNIEN

Zwischen 1690 und 1710 sorgte der Franzose Jean Tijou, der von dem Prinzen von Oranien nach London gerufen worden war, für die Ausbreitung und Entwicklung einer bemerkenswerten Kunst des Schmiedeeisens in der britischen Hauptstadt. Es begann so in England eine Blütezeit aller Arten der Schmiedekunst, nicht zuletzt auch auf dem Gebiet der Schlösser- und Schlüsselfertigung. Dafür gab es zwei bestimmte Ursachen. Zunächst ist die industrielle Entwicklung zu nennen, die England ähnlich wie die Republik Venetien zu einer begünstigten Stellung sozialen Fortschritts gegenüber dem restlichen Europa verhalf, vor allem auch deswegen, weil der britische Adel sich weniger mit Zerstreuungen, Verschwendung und sinnloser Genußsucht abgab und Geld sowie Produktion und Handel als Mittel zum Geldverdienen nicht verschmähte. Im Gegenteil, der britische Adel konkurrierte mit der Bourgeoisie um den Profit, der durch die Industrialisierung des Landes zu machen war. Die zweite Ursache waren die vielen Erfindungen und Weiterentwicklungen, die die Industrialisierung förderten und die für guten Stahl und brauchbare Maschinen sorgten. Auf diese Weise wurde eine präzise Verarbeitung ermöglicht und sogar um vieles erleichtert. Gegen Ende des 17. Jahrhunderts erschien in England ein typischer Schlüssel mit bemerkenswerten Eigenschaften, der sich aufgrund der obengenannten Ursachen auch in Frankreich und Deutschland durchsetzen konnte. Der Halm war lang und schlank, entweder gerade oder geschwungen, immer jedoch reichverziert, sei es mit Ringen, Wendeln, mit gestochenen oder geätzten Schnörkeln, mit gekehlten und urchbrochenen Teilen, und zwar mit einer Formenvielfalt und einem Erfindungsreichtum, die jeden Schlüssel zu einem Einzelstück machten. Auch der Bart war sehr akkurat gearbeitet, und die Öffnungen waren oft noch von einer dekorativen Rillung umgeben. Das Gesenk war kugelförmig, ein typisches Merkmal barocker Schlüssel. Auf dem Gesenk saß der großzügige Griff, der immer durchbrochen war, mit einer eleganten, an Klöppelspitze erinnernden Verzierung um eine imaginäre Längsachse. Die erlesene Verzierung war die Umsetzung in Metall einer Zeichnung, die doch so fragil und luftig wirkte und eignete sich vorzüglich zu Einfügung von Monogrammen, Wappen oder Symbolen. Oft wurde die Reide noch von einer phantasievoll gestalteten Adelskrone überragt. Diese Schlüssel wurden für Schranktüren, Truhen,

359. *Ausschnitt aus der* Bierstraße, *von William Hogarth. London (1697–1764).*

360. *Englischer Schlüssel. Anfang 18. Jahrhundert.*

361. *Englischer Schlüssel um 1660, für ein königliches Gemach, mit Gravur Lady Berkeley und dem Wappen Karls II. Stuart.*

359

360

361

362

Schreine und ähnliche Möbel benutzt und paßten gut zu den eleganten Linien der Rokokomöbel. Nach Frankreich wurden besonders viele exportiert, und sowohl Maria dé Medici als auch der Hoftischler André Charles Boulle (1642–1732) bevorzugten sie. Das Modell wurde in Frankreich und Deutschland nachgeahmt, und in Deutschland blieb es bis Mitte des 19. Jahrhunderts als Meisterstück sehr beliebt. Es beeinflußte auch die Form der Kammerherrnschlüssel (Seite 155). Das Zentrum der englischen Produktion war vor allem Willenhall in Straffordshire. Der portugiesische Reisende Manuel Gonzales notierte im Jahre 1732: «Die am besten entwickelte Industrie in diesem Städtchen ist die der Schlösser, und die Fachschlosser gelten als die besten in ganz Großbritannien. Sie sind so geschickt, daß sie z.B. ein Schloß entwerfen können, das eine Reihe von Riegeln automatisch über ein ganzes Jahr einschnappen lassen kann. Berühmt ist in Willenhall ein wunderschönes Schloß zum Preis von 20 Pfund Sterling, in das eine Spieluhr eingebaut ist, die zur vom Besitzer gewünschten Zeit ihr Lied anstimmt.» Im Jahre 1750 bestätigte Dr. Richard Wilkes den europaweiten Ruf des Städtchens, in dem es 1770 insgesamt 148 Schloßhersteller gab. Nach einer Berechnung von Horn gab es 1841 immer noch 270 Schloßhersteller, 76 Schlüsselhersteller, 14 Riegel- und 13 Klinkenhersteller. Im 19. Jahrhundert kam es mehr und mehr zur industriellen Arbeitsteilung, was zum Nachteil des ästhetischen Aspekts ging. Noch heute gibt es in Willenhall einen großen, 1840 gegründeten Betrieb zur Herstellung von Schlössern. Die typische englische Schlosserkunst wurde im 19. Jahrhundert in Deutschland weitergeführt, vor allem von Heinrich Knopfe in Berlin – der um 1860 für den preußischen Hof tätig war und echte Meisterwerke schuf – und von Alois Blümelhuber, Schöpfer des Schlüssels zur Linzer Kathedrale, der in Linz eine eigene Kunstschlosserschule gründete.

362. *Englischer Geldschrankschlüssel aus gehärtetem Stahl. Ende 18. Jahrhundert.*

363. *Englischer Schlüssel. Anfang 18. Jahrhundert.*

364. *Englischer Schlüssel. Anfang 18. Jahrhundert.*

365. *Englischer Schlüssel. Ende 17. Jahrhundert.*

366. *Englischer Schlüssel. 1690.*

363

364

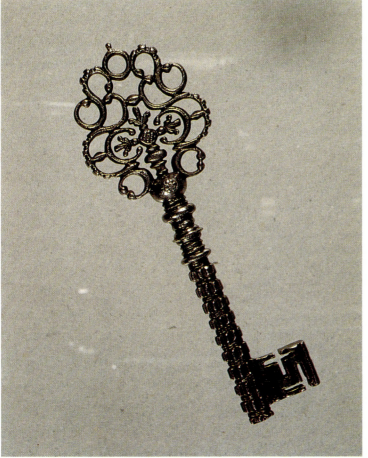

365

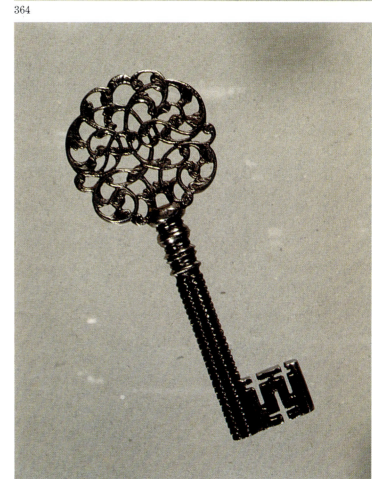

366

DIE SCHLOSSERKUNST IN FRANKREICH IM 18. JAHRHUNDERT

In Frankreich waren Schlösser mit rechteckigem Schloßkasten, bei denen der Mechanismus völlig im Inneren verborgen war, mehr und mehr zu Beliebtheit gelangt, und die Mechanismen wurden mit Unterschieden von Schloß zu Schloß immer vollkommener. An den Schlössern, öfter jedoch an den Schlüsseln selbst (insbesondere an den Griffen) waren Teile aus Bronze oder Messing gefertigt. Es wurde ein Modell gegossen, bei raffinierteren Exemplaren sogar eine verlorene Wachsform, und auf diese Weise war es möglich, sehr verfeinerte Dekorationen und zusätzliche Stichverzierungen anzubringen. Bei den weniger raffinierten Exemplaren wurden nur Rokoko-Motive mit dem Stichel eingraviert. Seitdem René Ferchault de Réaumur (1638–1757) den Temperguß erfunden hatte, konnten die Schloßkästen auch aus vergoldetem oder vermessingtem Eisenguß angefertigt werden. Bei ihrer Verzierung ging man sogar so weit, galante Szenen großer Maler zu kopieren, Pater, Boucher oder Fragonard. Zu dieser Zeit überwog der überstehende kleine Riegel, der aus dem restlichen Mechanismus ausgelagert war und mit einem Griff bewegt wurde, der aus dem oberen Teil des Schloßkastens ragte, in Delphin-, Tier-, Kopf-, Schimären- oder sonstiger Form modelliert war und mit der Raumdekoration harmonierte. In der Zeit Ludwigs XIV. hatten die Kästen an allen vier Seiten überstehende Endpunkte mit Zapfen, um das Schloß zu befestigen. Bei den hohlen Schlüsseln wurde das Profil der Öffnung immer komplexer ausgearbeitet. Auch das Bartprofil wurde immer komplizierter, und bei einem Schlüssel im Museum Bricard von Paris bildet er sogar das Wort «Sieyes». Profiliert waren zuweilen die Teile der Riegelchen oder Stangen, und wenn es vier waren, so waren sie oft wie die vier Farbsymbole bei Kartenspielen geformt. Kein Zweifel, insgesamt waren die Schlüssel und Schlösser jener Zeit wahre Kunstwerke, sowohl aufgrund der Vollkommenheit des Mechanismus, der immer einbruchsicherer wurde, als auch aufgrund der plastischen Qualitäten des sichtbren Teils des Schloßkastens. *L'art du serrurier* (1716) von Henry Louis Duhamel de Monceau enthält wunderbare Illustrationen von Renier und Bretz, gestochen von J. Haussard: eine unerschöpfliche Inspirationsquelle für die Schlosser. Duhamel de Monceau war unter anderem ein hervorragender Zeichner botanischer Motive, *Arbres fruitiers*, wahre Meisterwerke der wissenschaftlichen Illustration auf diesem Gebiet. Weitere berühmte Entwerfer von Verzierungen, die den Schlossern Zeichnungen und Anregungen lieferten, waren Charles Delafosse (1734–1789) und Pierre Auguste Forestier (1755–1838), dem die Königin Marie Antoinette die Dekoration der königlichen Wohnungen in den Tuilerien und in Saint Cloud anvertraute. Im Jahre 1786 wurde von Ambroise Poux-Landry ein wunderschönes Schloß hergestellt, in das folgender Schriftzug eingraviert war: *Minerve et Astrée couronnant le chiffre de Monseigneur de Calonne*. Viele weitere «Werke» wurden von ihren Schöpfern signiert, denn sie wußten, daß es Kunstwerke waren: Gio Silvestre ein Meisterstück aus dem Jahre 1780, Jean Baptiste Pillemen (1717–1808), der berühmte Zeichner und Verzierer, das heute am Palazzo Madama in Turin befindliche Schloß, Jean Paul Fauchette, 1768 … manchmal waren es auch nur die Initialen: nach Entwurf der Ornamentisten Gilles Paul Cauvet (1731–1788), Pierre Gouthière (1732–1814), berühmter Bildhauer, Bronzist und Dekorateur des Königs, Familie Cafferi, Ornamentisten, Bildhauer und Goldschmiede aus Florenz am französischen Königshof. Zwischen Kunst und Technik sind auch die Neuerungen an den Schlössern anzusiedeln: die einfachen Cremoneser wurden nun durch Spagnoletten ersetzt, deren Griffe oftmals kleine Meisterwrke der Bronzekunst waren, und deren Mechanismus auch in Italien und Deutschland Verbreitung fand.

367. *Türschloß in Versailles. Königspalast.*

368. Schloß mit Einbrecherfalle. Französisches Meisterstück, 18. Jahrhundert. Rouen. Museum Le Secq des Tournelles.

369. Französisches Türschloß, Ludwig XV.

370. Französisches Türschloß, Ludwig XV.

372

373

374

371. *Drei Schlüssel mit «adliger» Reide für Zeremonien. 18. Jahrhundert. Rouen. Museum le Secq des Tournelles.*

372. *Schlüssel für den Aaron einer Synagoge. Auf dem Halm eingraviert: Tempelschlüssel. Paris, 18. Jahrh.*

373. *Französischer Schlüssel mit durchbrochenem Griff. 18. Jahrhundert.*

374. *Französisches Schloß. Meisterstück mit Geheimmechanismus. 18. Jahrhundert. Paris, Museum Bricard.*

KUNST UND SICHERHEIT

Im 18. Jahrhundert war die Schlosserkunst zu ihrer Vollendung gelangt. Sowohl vom technischen als auch vom ästhetischen Standpunkt aus waren die Schlösser zu einem großen Maß an Vollkommenheit gelangt, und darüber hinaus gab es nur noch die Möglichkeit der Dekadenz des einen oder anderen Aspekts. Ebenso geschickt waren jedoch auch die Diebe und Einbrecher geworden, und deswegen war die Sicherheit, ebenso wie sie es heute noch ist, doch letzendlich wichtiger als die Kunst. Doch die Schlossermeister waren vor der Versuchung auch nicht gefeit: aus Strafe für den Verkauf von falschen Schlüsseln wurde Jean Lamy öffentlich geviertailt und Jacques Belleville gehängt. Der renommierteste Kunstschmied dieser Zeit, Jean Lamour (1698–1771) schrieb in seinem *Recueil des ouvrages en serrurerie que Stanislas le bienfaisant, roy de Pologne, Duc de Bar et de Lorraine, a fait poser* ... «Das Geheimnis macht jedes Schloß einbruchsicher, es ist vor jeder Überraschung geschützt, da es nicht geöffnet werden kann, wenn man das Geheimnis nicht kennt und den richtigen Schlüssel nicht hat. Aber Schlösser von so guter Qualität benötigen mindestens zwei Jahre Arbeit zu ihrer Herstellung.» Auch Mercier schrieb in seinem *Tableau de Paris:* «Es werden heute komplizierte Schlösser hergestellt, Wunderwerke der Mechanik, bei denen mit einer einzigen Umdrehung des Schlüssels eine Unzahl von Riegeln bewegt wird, die sich alle in verschiedene Richtungen ausdehnen und zwölf, fünfzehn oder noch mehr Verschlüsse ermöglichen. Nicht einmal der, der das Schloß gebaut hat, kann es ohne den richtigen Schlüssel öffnen.» So entstanden immer mehr Sicherheitssysteme, vor allem aufgrund der Nachfrage aus den unteren Schichten, und es tauchte die erste Werbung auf. Zwei Beispiele: im «Journal de Paris» erschien 1777 die folgende Anzeige: «Herr Georget, Schlossermeister in der rue des Predicateurs zu Paris, beschäftigt sich seit Jahren damit, auf seinem Gebiet neue Erfindungen herzustellen, und er hat ein Türschloß konstruiert, dessen Schlüsselloch ganz anders gebaut ist als die der gängigen Modelle; diese Erfindung ist äußerst nützlich, da falsche Schlüssel, Haken und Dietriche nicht durch die von Herrn Georget erfundene Öffnung passen.» Im «Almanach Dauphin» vom selben Jahr ist zu lesen: «Calippe, Schlosser und Mechaniker in der rue Dauphine in Paris, bekannt durch zahlreiche Sicherheitsschlösser und vor allem berühmt für die an der Akademie unter dem Begriff Calippe-Schloß vorgestellten Modelle. Die Vorteile dieser neuen Schlösser sind allem, was bisher hergestellt wurde, weit überlegen, denn ihr Zugang schließt sich automatisch, wenn die Tür geschlossen wird, und es kann kein Instrument außer dem passenden Schlüssel eingeführt werden; was jedoch am meisten überrascht, ist die Tatsache, daß der Erfinder jeden geschickten Schlüsselmacher herausfordert und behauptet, daß keiner einen passenden Schlüssel herstellen kann,

375. *Vier Schlüssel aus Brescia. Ende 18. Jahrhundert.*

376. *Deutsches Schloß für den Erzbischöflichen Dom in Nürnberg. 18. Jahrhundert.*

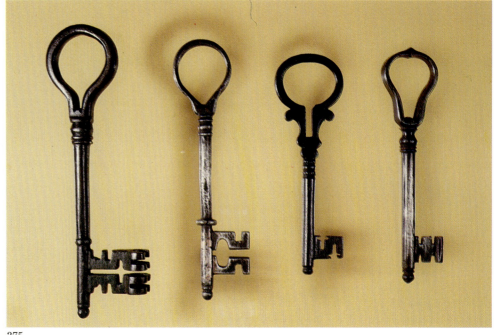

375

376

und sei er auch nach einem Originalabdruck des echten Schlüssels gemacht. Das beweist, daß nur der Eigentümer öffnen oder auch nicht öffnen kann, sogar wenn er den Schlüssel anderen überläßt, was paradox klingen mag, doch wir können beweisen, was wir behaupten, und die Akademie für Wissenschaft und Architektur hat diese Erfindung gelobt.» Einige Jahre später bauten die Pariser Schlosser Merlin und Duval ein «Anti-Einbrecher-Schloß», auch Quästorenschloß genannt, das heute im Museum Bricard ausgestellt ist: das Schlüsselloch ist von einem Löwenmaul eingerahmt, und wenn versucht wird, einen falschen Schlüssel oder einen Dietrich einzuführen, schließt sich das Maul blitzartig und schnappt das Handgelenk des Halunken. Im Jahre 1707 hatte die Zunft der Schlosser in Paris durch königlichen Erlaß ihr Wappen erhalten, mit dem sie die Statuten und die Dokumente schmückte. 1723 wurde dann vom Parlament die Notwendigkeit einer Meisterprüfung betont, um den Titel «Schlossermeister» tragen zu dürfen, wobei auch die Anzahl der Geschworenen festgelegt wurde, die das Meisterstück begutachten sollten. Auf diesem Gebiet gab es immer noch mittelalterliche Imitationen, mit dem Unterschied jedoch, daß ein hohes Sims mit klassischer, nüchterner und linearer Kehlung dazugekommen war: z.B. das Truhenschloß in der Nationalbibliothek von Paris ist nach dem Stich Nr. XXIX der *Art du serrurier* von Duhamel du Monceau gefertigt; das Truhenschloß mit Jesus, Maria Magdalena und dem heiligen Jakobus, Cluny-Museum in Paris (inv CL 22102) wurde nach einer Zeichnung des Ornamentisten Gilles Paul Cauvet (1731–1788) gebaut. Im Januar 1776 versuchte König Ludwig XVI. (1754–1793), die Zunft mit antimonopolistischen, zweifellos revolutionären Argumenten zu entmachten: «Wir wollen diese willkürlichen Institutionen abschaffen, die es den Bedürftigen unmöglich machen, von ihrer Arbeit zu leben, die den Fleiß und die Nachahmung ersticken und die Talente derer vergeuden, die aus verschiedenen Gründen der Zunft nicht beitreten können; die dem Staat sämtliche Fähigkeiten vorenthalten, die aus dem Ausland zu uns kommen könnten, die den Fortschritt der Künste mit den Schwierigkeiten verzögern, die den Erfindern gemacht werden, denen die verschiedenen Zünfte das Recht abstreiten, die Erfindungen, die sie selbst nicht gemacht haben, auszuführen; die schließlich aufgrund der Leichtigkeit, mit der sich die Zunftmitglieder untereinander verbünden und die armen Mitglieder dazu zwingen können, die Vorschriften der Reichen zu akzeptieren, zu Instrumenten des Monopols werden und Manöver begünstigen, deren Folge die unverhältnismäßige Erhöhung der Lebensmittel ist, die für die Versorgung der Bevölkerung dringen notwendig wären.» Das vom König vorgelegte Edikt wurde vom Parlament jedoch nicht genehmigt. Eine Polizeiordonnanz verbot es den Schlossern, Schlüssel ohne die zugehörigen Schlösser zu verkaufen, den Mitgliedern und Lehrlingen der Zunft, Schlüssel außerhalb der Werkstatt des Meisters zu feilen und schmieden, und ganz allgemein den Schmieden, alte Schlüssel zu reparieren, «um die vielen Diebstähle, die mit falschen Schlüsseln durchgeführt werden, einzudämmen.» Ludwig XIV. liebte die Schlosserkunst und stellte selbst unter der Anleitung von Meister Francois Gamin und Poux Landry gute Schlösser her. In diesem Zusammenhang soll Thierry de Ville d'Avray zu ihm gesagt haben: «Sire, wenn die Könige den Beruf des Volkes ausüben, dann kann es sein, daß das Volk den Beruf des Königs ausübt.» Meister Francois Gamin trug dann tatsächlich zur Hinrichtung Ludwigs XIV. bei. Der König hatte sich von ihm

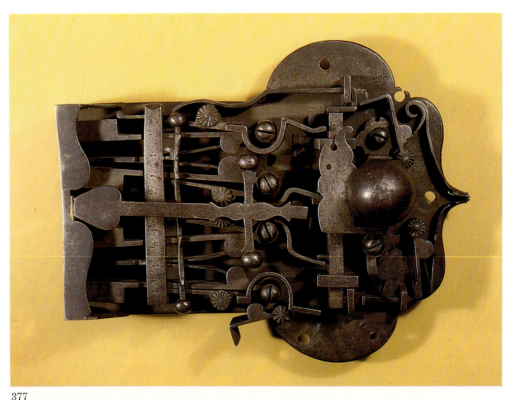

377

378

379

380

381

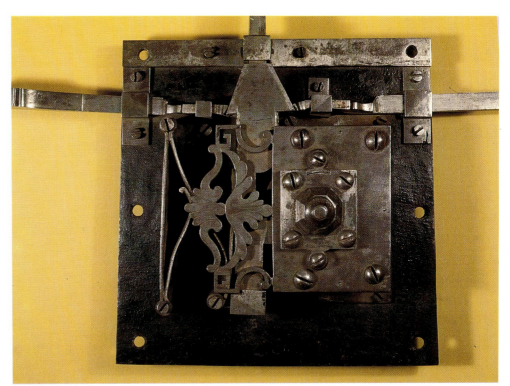

382

eine Geheimtür bauen lassen, die in eine Kammer führte, wo er kompromittierende Dokumente aufbewahrte. Als der König im November 1792 in Varennes verhaftet wurde, ging Gamin zum Innenminister, denunzierte den König und bot sich an, die Geheimtür zu öffnen, hinter der sich die Beweise fanden, die Ludwig unter die Guillotine brachten. Es war seltsamerweise gerade die Französische Revolution, die Ludwig nach seinem Tod noch Recht gab. Nachdem er enthauptet worden war, stimmte das Parlament am 14. Juni 1793 für ein von Le Chapellier vorgelegtes Gesetz, das die Zünfte mit der Begründung abschaffte: «Die vollständige Abschaffung jeder Art von Zunftbildung zwischen Bürgern gleichen Standes und Berufes ist einer der Grundsätze der Französischen Revolution, und es ist verboten, sie tatsächlich, unter einem anderen Vorwand oder in anderer Form wiederherzustellen.»

383

377. Innenansicht eines österreichischen Truhenschlosses. 1717.

378. Deutsches Türschloß. Augsburg, 18. Jahrhundert.

379. Französisches Türschloß. Ludwig XVI.

380. Deutsches Schloß mit externer Sicherheitsvorrichtung, 18. Jahrhundert.

281. Bayerischer Schlüssel, 18. Jahrhundert.

382. Italienisches Geldschrankschloß. Ende 18. Jahrhundert.

383. Deutscher Schlüssel mit doppeltem Bart und beweglichem Griff.

384. Österreichischer Schlüssel, 18. Jahrhundert.

385. Drei preußische Schlüssel, 18. Jahrhundert.

386. Innenansicht eines italienischen Geldschrankschlosses, 18. Jahrhundert.

387. Vorhängeschloß für Notar, mit Geheimverschluß und doppeltem Schlüssel: Vorderansicht.

388. Ansicht des obengenannten Vorhängeschlosses von unten.

387

388

GROSSBRITANNIEN: TECHNIK UND INDUSTRIE IM 18. JAHRHUNDERT

In den letzten 30 Jahren des 18. Jahrhunderts ist gleichzeitig mit der Hinwendung zu neoklassizistischen Formen (die sich in Großbritannien noch eher durchsetzen konnte als im aufgeklärten Frankreich) ein zunehmender Verfall der Wichtigkeit der künstlerischen Motive zugunsten einer vermehrten technischen Nachfrage zu beobachten, die im Laufe des kommenden Jahrhunderts die ästhetischen Merkmale und die handwerkliche Tradition der Schlösser stark veränderte, um den Forderungen der wachsenden industriellen Macht entgegenzukommen. Im Jahre 1774 erfand Robert Barron ein Schloß mit zwei, später eins mit drei beweglichen Hebeln. Bis zu diesem Zeitpunkt waren diese Teile im Schloß fest gewesen. Durch die von Barron erfundene Sicherung entstand das Schloß mit beweglichen Stiften, das in Frankreich bereits die Schlosser Henri Koch, Léopold Huret und Benoit Sabatier versucht hatten zu konstruieren. Der Dorn oder Anschlagdorn bewegt sich nur von Einrastung zu Einrastung eines Fensters mit obligatorischem Weg. 1778 verdoppelte Barron die flachen, beweglichen Stifte, so daß der Schub des Schlüssels auf die Stifte und gleichzeitig auf die Sperrfeder auf ein Zehntel Millimeter genau sein mußte. Dann multiplizierte er die Anzahl der Stifte, die an den einzelnen Positionen angehoben werden mußten und die aus zwei oder drei gleichen aneinandergereihten Klingen bestanden, alle mit dem mittleren Einrastfenster für den Anschlagdorn. Noch wichtiger war vielleicht die Erfindung des Joseph Bramah (1748–1814), der unter anderem die Hydraulikpresse, die Pumpe fürs Bierzapfen vom Faß und die Maschine für numerierten Banknotendruck erfand und eine *Dissertation über die Konstruktion von Schlössern* verfaßte (1796). Er machte sich Sorgen wegen großen Zunahme der Diebstähle in London, und 1784 meldete er ein Schloß mit Druckschlüssel nach dem Barron-Prinzip zum Patent an, das mit verschiebbaren Zuhaltungsplatten in einer radialen Anordnung ausgestattet war. Dieses System wurde später von William Russel noch perfektioniert. Um seine Erfindung unter

390

die Leute zu bringen, bot Bramah jedem einen Preis, der sein Schloß aufbrechen konnte. Es widerstand jedoch gute 50 Jahre lang jedem Versuch.

389. *Englisches Schloß nach Barron-System. Meisterstück. Ausgestellt bei der Great Exhibition in London. 1851.*

390. *Italienischer Geldschrankschlüssel, Anfang 19. Jahrhundert.*

391. *Druckzylinder. Anfang 19. Jahrhundert.*

391

DAS 19. JAHRHUNDERT

Die Französische Revolution brachte den Triumph der Bourgeoisie, die seit Jahrhunderten die finanzielle Macht in Händen hielt und nun auch die politische Macht erobert hatte. Nach dem kurzen Zwischenspiel des Neoklassizismus unter Napoleon übte die Bourgeoisie ihren bestimmenden Einfluß auch in der Kunst aus. Auf die Romantik folgte die kurze Periode des Realismus (in der sich die Klasse der Proletarier durchsetzen konnte), dann kam mit dem Impressionismus wieder eine rein kleinbürgerliche Kunst zum Tragen. Das 19. Jahrhundert wurde im wesentlichen also von der bürgerlichen Klasse beherrscht, die zwischen den Großgrundbesitzern (die noch adlig waren) und den Großindustriellen angesiedelt war, die weder produzierte noch anbaute, sondern nur Handel trieb. Der Handel erfordert große und kleine Geldbewegungen, und daher wurden Geldschränke in dieser Zeit zu einem wichtigen Einrichtungsgegenstand. Was die Schlüssel und Schlösser angeht, so trat die Kunst nun in den Hintergrund: viel wesentlicher war die Sicherheit, die Garantie, daß man das Schloß nicht aufbrechen konnte. Die Überlebensversuche der alten Kunstauffassung sind fast rührend, wie z.B. der Wettstreit, der 1897 zwischen zwei Schlosserinnungen in Marseille ausgetragen wurde. Als Vertreter hatten sie jeweils den Provencalen Le Coeur Content und den Piemontesen Ange Le Dauphiné (Angelo Bonnon aus Cogne) ausgewählt. Die beiden Herren wurden mit ihrem Werkzeug in Zellen eingeschlossen. Nach 18 Monaten Arbeit wurden sie befreit und zeigten ihre Werke. Der Mann aus Piemont siegte mit einem Meisterstück, das der «Die Ehrenlegion» nannte; ein Werk, von dem nur die Zeichnungen und Stiche erhalten sind, denn es wurde leider aus dem Museum Borély in Marseille gestohlen. Ein Schüler Ange Le Dauphinés, Emile Ottia, genannt Emile Le Tourangeau (Tours, 1808–1884) schuf ein mit dem Stichel verziertes Meisterwerk, mit vier Riegeln – die sich jeweils bei einer Vierteldrehung des Schlüssels bewegten –, einer Schelle, die eventuelle Einbrecher festhalten sollte und einem kleinen Revolver, der im Notfall auf ihn schießen sollte. Mit der «großen Kunst» war es jedoch aus. Jetzt wurden statt Schlössern und Burgen pompöse Hauptverwaltungen der Banken gebaut. Festungen des Mammons,

392. *Zwei Schlüssel im Liberty-Stil. Türkei, 19. Jahrhundert.*

393. *Türschloß für einen Marschallsaal in den Tuilerien mit Bonapartes Initialen. Erstes Reich. Paris, Museum Bricard.*

394. *Schlüssellochdeckel für einen Safe. Wien, Neoklassik.*

395. *Drei Schweizer Schlüssel für Kirchenschränke. Romanik.*

392

393

394

deren Herz der Tresor war. Feuerfest, wasserdicht, bombenfest und mit einem einbruchssicheren Schloß. So entwickelte sich der Erfindungsreichtum weiter, die Tresorschlüssel wurden die Meisterstücke der neuen Zeit, und zwar nicht aufgrund ihrer Schönheit, sondern aufgrund der technischen Ausführung. Von 1770 bis 1851 wurden ungefähr siebzig neue Verschlußsysteme zum Patent angemeldet. Eines der ersten und wichtigsten war im Jahre 1851 das bewegliche System der Erfinder Mitchell und Lawton. 1816 meldete Ruxton sein Detector-Schloß zum Patent an, bei dem zum bereits beschriebenen Barron-System ein Nockensystem hinzukam. Der Engländer Jeremiah Chubb entwickelte dieses Schloß 1818 mit sechs Sicherheitsstiften, wodurch sich über 100 000 Kombinationen ergaben. Hinzu kam dann noch ein Arretierungsmechanismus, der das Schloß blockierte, wenn es nicht mit dem richtigen Schlüssel geöffnet wurde, und gleichzeitig den falschen Schlüssel festhielt. Ein weiterer herausragender Erfinder war Alexandre Fichet (1799–1862), der im Jahre 1840 einige Schlösser zum Patent anmeldete. Eines davon war ein Kombinationsschloß ohne Schlüssel. So wurde die Kombination, die bereits für Vorhängeschlösser gebräuchlich war, auch für Schlösser eingeführt. 1844 wurde in den USA ein parazentrisches Druckschloß patentiert, und 1846 das Schloß Frankreich mit unsichtbarer Kombination. Die wichtigste Erfindung war jedoch die des Linus Yale (1821–1868). Sie unterschied sich von sämtlichen anderen Systemen, nach denen über tausend Jahre lang Schlüssel und Schlösser gefertigt worden waren, ließ die ganze Entwicklung hinter sich und kehrte zurück zum System der lakonischen und der ägyptischen Schlüssel, bei denen die Zapfen angehoben wurden. Die Zapfen oder Stifte wurden hier von Federn gehalten und von den Zähnen eines flachen Schlüssels auf gleiche Höhe gebracht. Das ganze fand in einem Zylinder statt, den man leicht ersetzen und ausbauen konnte. Bei den früheren Modellen wurde der Riegel vom Schlüssel selbst bewegt, hier drehte der Schlüssel den Zylinder und der Zylinder den Riegel. Es sind hier über 25 Millionen Kombinationen möglich. 1815 wurde das Yale-Schloß bei der Großen Londoner Messe gezeigt, doch es hatte nur mäßigen Erfolg, was ja bei den wichtigen Erfindungen oft der Fall ist. Erst der Sohn, Linus Yale Junior, konnte das Modell noch vervollkommnen und den verdienten Erfolg genießen, zu dem die geringe Größe des Schlüssels, die Sicherheit und die Möglichkeit zur günstigen Serienherstellung beitrugen, Faktoren, die auch heute noch wesentlich sind. Gleichzeitig wurde in New Jersey von einem gewissen Andrews ein Schloß mit variablen Stiften und zugehörigem Schlüssel mit abnehmbarem Bart erfunden. In New York erfand Newell das Parautopic-Schloß, bei dem auch der Schlüsselbart abmontierbar war. Newell setzte eine Prämie von 2000 Dollar für denjenigen aus, der das Schloß mit einem falschen Schlüssel oder einem Dietrich öffnen könne, doch es gelang keinem. Bei der Londoner Great Exhibition im Crystal Palace, wo sich das internationale Publikum traf, hielt sich 1851 auch A. C. Hobbs auf, ein Vertreter der Firma Day and Newell, die das Parautopic-Schloß baute. Er öffnete ein Chub–Detector-Schloß mit sechs Stiften in 30 Minuten; später ein Bramah-Schloß in zehn Tagen, und gewann die ausgesetzten zehn

395

396

Pfund Sterling. Er wurde seinerseits von Garbutt herausgefordert, doch das von seiner Firma gebaute Parautopic-Schloß hielt stand. Hobbs verfaßte dann gemeinsam mit Charles Tomlinson die Anleitung Construction of Locks and Safes, die recht gute Auflagen erzielte. Im Gegensatz zum Yale-Schloß hatten alle anderen Versionen jedoch den Nachteil, daß sie sehr teuer waren. Theodor Kromer erfand 1871 in Deutschland das Protector-Schloß mit zweibärtigem Schlüssel, das sich besonders für Geldschränke eignete. Ein Freund Napoleons III. war auch Schloßbauer: Auguste Nicolas Bauche, der am 5. Juni 1879 auf der Place Charleville eine öffentliche vorführung mit feuerfesten Geldschränken organisierte, nach einem englischen Patent aus dem Jahre 1843, das er noch weiterentwickelt hatte. 1868 wurde den amerikanischen Geldschränken ein neuartiges Scheiben-Kombinationsschloß mit Zahlen, ohne Schlüssel, beschert, außerdem ein Uhrenschloß, und 1889 erhielten die Geldschränke in Frankreich ein NS-Druckschloß

397

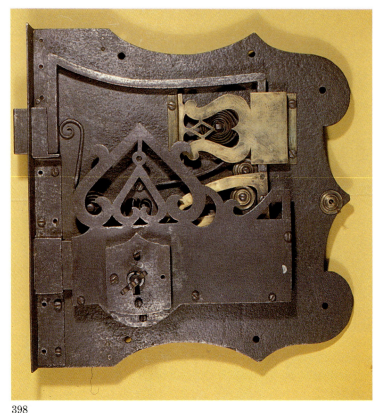

398

399

396. *Bayerisches Schloß. 18. Jahrhundert, mit Liberty-Verziehrung. Paris, Museum Bricard.*

397. *Vordere Deckplatte eines Tresors. Mailand, Neoklassik.*

398. *Sicherheitsschloß. Toscana, Neoklassik.*

399. *Emblemverziertes Reliefschloß (Salamander mit Herzogkrone und Initialen CM), im romantischen Stil, von A.G. Moreau für das Schloß Bois. 1890.*

400. *Sicherheitsschloß. Toskana, Neoklassik.*

zum Geschenk. Noel und Scailquin erfanden 1889 einen «volumetrischen Schlüssel» mit sogenannter «Monopol-Pumpe» – auch hier gab es Stifte auf einer Mittelachse. Das 20. Jahrhundert begann mit dem Defensor-Schloß mit Klappschlüssel, das in Deutschland gebaut wurde, und mit den französischen Schlüsseln mit Kreisnocken, die so ähnlich wie gedrechselte Kehlungen aussehen. In Frankreich war die traditionsreiche Firma Sterling aus dem Jahr 1835 von der Bricard übernommen worden, die zwar ebenso alt war, jedoch erst mit dem neuen Jahrhundert größeren Erfolg hatte. In Italien geschah ähnliches mit wichtigen Tresorfabriken wie der Francesco Vago oder der Enrico Fumeo in Mailand, der Antonio Parma in Saronno, der Conforti in Verona, der Stanzieri in Neapel, der Toldi in Bologna und der Pistono aus Turin. Das sind jedoch ganz andere Geschichten, sie gehören zur Moderne.

400

401. Italienischer Geldschrankschlüssel, Anfang 19. Jahrhundert.

402. Italienischer Geldschrankschlüssel um 1850.

403. Schlüssel mit Zierbart, dessen Profil das Wort SIEYES ergibt. Der Abt Joseph Emmanuel Sieyes (1748–1836) war provisorischer Konsul der Französischen Republik und revolutionärer Dichter. Paris, Museum Bricard.

404. Zwei italienische Geldschrankschlüssel, um 1850.

405. Italienischer Geldschrankschlüssel, um 1850.

406. Zwei italienische Schlüssel mit ausgearbeitetem Bartprofil. Anfang 19. Jahrhundert.

406

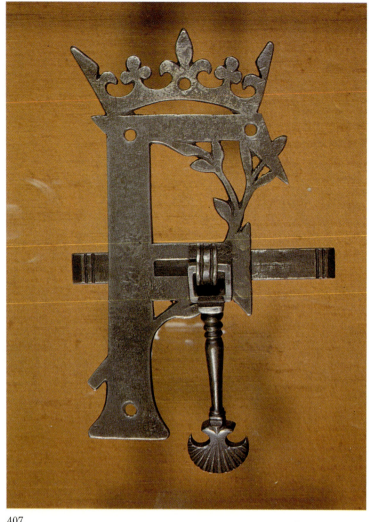
407

408

409

407. *Riegel mit Initialen von Franz I. von Frankreich. Romantischer Nachbau eines Originals aus dem Museum Bricard. Paris.*

408. *Neoklassischer Schlüssel im Rokokostil. Paris. 19. Jahrhundert.*

409. *Neoklassischer Schlüssel. Mailand. 19. Jahrhundert.*

410. *Mailänder Schlüssel. Romantik.*

410

SCHLÜSSEL: SYMBOL UND BOURGEOISIE

Von diener Tür habe ich gerufen: «Gib mir den Schlüssel!» Alle deine Wächter habe ich nach dem Schlüssel gefragt. Überall habe ich gesucht: schließlich hast Du selbst zu mir gesagt: «Die Tür ist nicht verschlossen: das ist der Schlüssel!»

SHAYKH GIBRYL KHÂN (924–1007)

Der Schlüssel ist ein Gegenstand, normalerweise aus Metall. In unserem Geist kann es eine Bedeutung, jedoch zahlreiche Symbole dafür geben. Das ist kein Geheimnis und wird auch durch viele Sprichwörter und Redensarten bestätigt. Ein Beispiel sind die sogenannten «Schlüsselromane». So werden Bücher bezeichnet, die tatsächlich vorgefallene Tatsachen berichten und den historischen Persönlichkeiten fiktive Namen geben. Der Schlüssel zum Verständnis wird normalerweise mit einem Wortspiel oder mit rätselhaften Andeutungen gegeben. Ein bedeutender Schlüsselroman war das *Ninfale di Aneto oder Ninfale fiesolano,* 1345/46 von Giovanni Boccaccio; die Liebesgeschichte zwischen dem Hirten Affrico und der Nymphe Mensola beschreibt eine Episode, die dem Autor selbst widerfahren ist. Die *Hypteronomachia Poliphili* (1499) gehört hierher, die dem Humanisten Francesco Colonna aufgrund eines Akrostichons im Text zugeschrieben wird und die Hypercalypsis, eine Prosasatire in lateinischer Sprache von Ugo Foscolo (1778–1827) unter dem Pseudonym Didimo Chierico verfaßt. Francois Drujon erstellte 1888 eine umfangreiche Liste der Schlüsselromane. Im 19. Jahrhundert, der Epoche der Prüderie, hatte der Schlüssel eine besondere Bedeutung, die der anonyme Autor eines 1738 in Venedig veröffentlichen Buchs bereits vorwegnahm. Im *Derzeitigen Zustand aller Staaten der Welt* (Band VI: die Türkei) schrieb er: «Die Tugend, wenn sie einmal zur echten Zierde der Seele geworden ist, braucht nicht mit Schlüsseln oder Riegeln oder in verschlossenen und bewachten Häusern behütet werden. Wer wie die türkischen Frauen den Preis der Tugend kennt und sie achtet, schützt sie von sich aus eifrig an jedem Ort und zu jeder Gelegenheit, bewahrt sie auf und übt sie aus. Schlüssel, Eisen und Wachen wären nutzlose Dinge, um die türkischen Frauen zur Keuschheit zu zwingen, wenn man ihnen die Tugend der Keuschheit als notwendiges Gesetz aufzwingen würde und wenn sie nicht selbst die Tugend tief in ihrem Herzen als Zierde der Seele schätzen würden.» Im Goethes Faust (1749–1832), dem vom Urfaust, einer Volksdichtung des 16. Jahrhunderts abgeleiteten Meisterwerk, finden wir noch eine deutliche Symbolik des Schlüssels. Mephisto sagt: «Kein Weg! Ins Unbetretene, nicht zu Betretende! Ein Weg ans Unerbetene, nicht zu Erbittende! bist du bereit? Nicht Schlösser sind, nicht Riegel wegzuschieben (...) Hier diesen Schlüssel nimm!» Und Faust: «Das kleine Ding?» Und Mephisto: «Erst faß ihn an und schätz ihn nicht gering!» Und wieder Faust: «Er wächst in meiner Hand! er leuchtet! blitzt!» «Merkst du nun bald,

411

412

411 – 412. *Vier sizilianische Schlüssel mit einklappbarem Bart (links: eingeklappt; rechts: ausgeklappt).*

413

415

414

416

413. Brasilianischer Glücksbringer aus Silber. Unten rechts sind einige Schlüssel zu sehen. Ähnliche, viel bescheidenere Gegenstände gingen vor dem Krieg in den italienischen Freudenhäusern um, mit einem Schlüssel, einem Ruder und einem Anker.

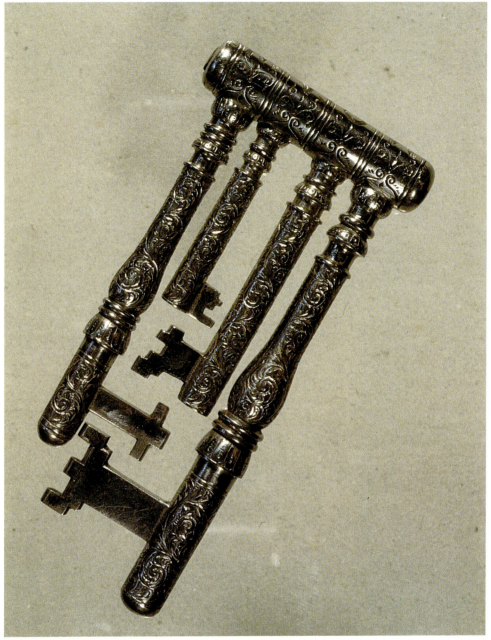

417

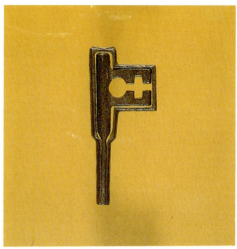

418

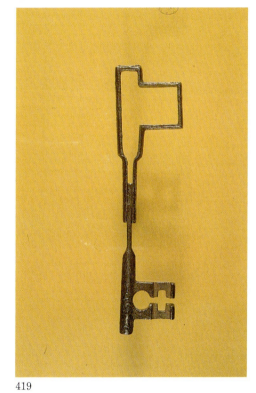

419

was man an ihm besitzt? Der Schlüssel wird die rechte Stelle wittern; Folg ihm hinab: er führt dich zu den Müttern!» Sigmund Freud schrieb in seiner *Traumdeutung* (1899): «Räume im Traum entsprechen im allgemeinen Frauen, und die Beschreibung ihrer diversen Ein- und Ausgänge bestätigt diese Interpretation. In diesem Zusammenhang ist das Interesse dafür, ob das Zimmer offen oder abgeschlossen ist, leichter nachvollziehbar. Es muß auch nicht genau ausgeführt werden, welcher Schlüssel das Zimmer öffnet; der Symbolismus von Schloß und Schlüssel hat bereits Uhland zu einer scherzhaften Obszönität in der Ballade des Grafen Eberstein inspiriert.» Freud spielt hier auf Ludwig Uhland aus Tübingen an (1787–1862). Zum Abschluß schrieb auch Carl Gustav Jung in seinen *Symbolen der Wandlung* (1911): «Das Symbol hat zahlreiche Variationen (...): Zwerge, die im Geheimen arbeiten; der Phallus, der im Dunkeln ein neues Leben zeugt; ebenso der Schlüssel, der verbotene Türen öffnet, hinter denen etwas darauf wartet, entdeckt zu werden.» Hier sind wir bereits beim Schlüssel zu Blaubarts geheimen Zimmer.

414. *Österreichischer Witwerschlüssel, den der Witwer, um seinen Stand anzuzeigen, auf der Weste trug. 19. Jahrhundert.*

415. *Deutsches Chatelaine für Hausfrau, 18. Jahrhundert.*

416. *Dänisches Chatelaine für Hausfrau, 19. Jahrhundert.*

417. *Englischer Brautbund mit Gravur des Schlossers (C & F Smith, London Birmingham) und der Initialeen der Brautleute (MC AW). England, 1820.*

418 – 419. *Belgische Klappschlüssel (geschlossen und offen), bei denen der Bart im Griff eingeklappt wird. 19. Jahrhundert.*

420

421

422

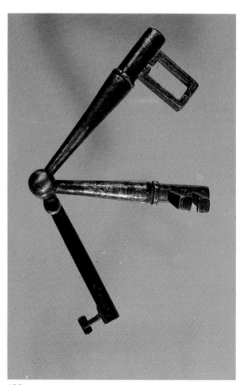

423

420 – 421. Zwei Stellungen eines Schlüssels mit drehbarem Bart.

422. Schraubenschlüssel im Liberty-Stil, zugehörig zu einem landwirtschaftlichen Gerät. England.

423. Drei von einem Drehzapfen gehaltene Schlüssel, Italien, 19. Jahrhundert.

424. Acht verschiedene Schlüssel zum Aufziehen von Uhren. Lombardei, 19. Jahrhundert.

425. Mechanikerschlüsselbund. Deutschland, 19. Jahrhundert.

426. Sechserschlüssel für Fräser. Paris. 19. Jahrhundert.

424

425

426

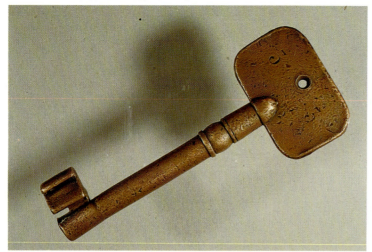
427

428

429

430

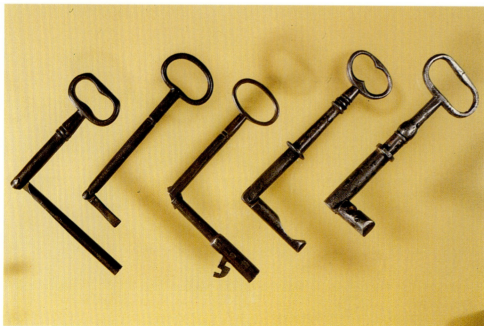
431

427. Bronzeschlüssel für Pulverhorn. Italien, 19./20. Jahrhundert. Die Schlüssel für Pulverkästen waren aus Bronze, um jedes Risiko eines Funkenschlags auszuschließen.

428. Pulverhornschlüssel, Italien, 19./20. Jahrhundert.

429. Pulverhornschlüssel, Italien, 19./20. Jahrhundert.

430. Mechanikerschlüssel, Italien, Ende 19. Jahrhundert.

431. Fünf Schlüssel aus Palermo mit Gelenkstiel, der als Bart fungiert, 19. Jahrhundert.

KAMMERHERRN-SCHLÜSSEL

Zu Beginn des 19. Jahrhunderts mußte der französische Schlosser Emile Le Tourangeau, als er den Zugang zur *Compagnonnage* zu erlangen wünschte (einer Überlebensform der früheren Zünfte), als Meisterstück einen «Kammerherrnschlüssel» anfertigen. Der Kammerherr oder Kämmerling (aus dem Fränkischen *kamerling: Kammerdiener*) war ein Würdenträger am Königshof, dessen Aufgabe zurückgeht auf die cubicularii am römischen Kaiserhof. Die ersten Kammerherrn waren einfach Diener, aber da sie die Schlüssel zu den Privatgemächern des Königs hatten, ihm beim Ankleiden halfen, hie und da ins Vertrauen gezogen wurden und dem König eventuell Wünsche und Anträge vorlegen konnten, wurden sie am Hof immer mächtiger. Ab dem 14. Jahrhundert war der Großkammerherr in Frankreich der Vorgesetzte des gesamten Hofpersonals; in Deutschland gehörten der Titel und die Funktion eines Kaiserlichen Kammerherrn zur Apanage der größten Adelsfamilien; in England war der Titel Lord Grand Chambellier ein Vorrecht des Herzogs von Lancaster, der den König für die Krönungszeremonie ankleidete und im Westminster-Palast und dem House of Lords das Sagen hatte; in Spanien stand der Kammerherrn in der Hierarchie am Königshof an dritter Stelle. Es konnte auch mehr als einen Kammerherrn geben, und sie waren nicht nur an europäischen Höfen tätig, sondern auch in den Palästen der Prinzen und der Bischöfe. Der Kämmerherr wurde mit einer offiziellen Schlüsselübergabe in sein Amt eingesetzt. Der ihm überreichte Schlüssel öffnete zumindest symbolisch die Türen der königlichen Gemächer; und der Kammerherr trug den Schlüssel um den Hals oder deutlich sichtbar am Gürtel. Ab dem 18. Jahrhundert wurden die Kammerherrnschlüssel immer reicher verziert, obwohl sie in der Größe unverändert blieben, und es gab Exemplare aus Silber, Goldbronze, manchmal sogar aus Gold. Am Griff war das Wappen des Königs oder seine Initialen angebracht, und der Bart war manchmal ein Passepartout, andere Male wieder rein symbolisch.

432. *Spanischer Kammerherrnschlüssel, um 1780.*

433. *Österreichischer Kammerherrnschlüssel, Ende 18. Jahrhundert.*

434. *Kammerherrnschlüssel, Herzogtum Marie Luise von Parma (1810). Eingraviert die Buchstaben VRS (Vitae Reginae Securitas).*

432

433

434

435.

435. *Kammerherrnschlüssel von Franz Joseph von Österreich (1848–1916). Paris. Museum Bricard.*

436. *Kammerherrnschlüssel mit den Initialen Nikolaus I. Zar von Rußland. Goldbronze (1825–1855). Paris, Museum Bricard.*

437. *Kammerherrnschlüssel mit gekröntem R. Der Krämmerer wurde auch der «Mann mit dem goldenen Schlüssel» genannt, oder der «Ritter der Schlüssel». Tschechoslowakei, 19. Jahrhundert.*

438. *Krammerherrnschlüssel von Franz Joseph, König von Ungarn (1867–1916).*

439. *Krammerherrnschlüssel mit den gekrönten Initialen CT. Eisen, Bronze und Gold.*

440. *Präsentationsschlüssel mit der Prinzenkrone von Lord Mountbatten. England, 18./19. Jahrhundert.*

441. *Präsentationsschlüssel mit dem Wappen von Paris. Hergestellt von Alfred Bricard und General Eisenhower in Paris 1959 überreicht. Paris, Museum Bricard.*

442. *Krammerherrnschlüssel mit Schubbart. Frankreich 18. Jahrhundert.*

436.

437.

438.

439.

440

441

442

Auf der folgenden Seite

443. Kammerherrnschlüssel mit den Initialen Franz I. von Österreich (Franz Joseph, Kaiser 1848–1969).

444. Kammerherrnschlüssel, den Marie Luise von Parma dem Prinzen Mandl von Hetimandelrud übergab (1815).

445. Kammerherrnschlüssel von Franz II. von Habsburg-Lothringen (1768–1835). Goldbronze, um 1820.

446. Kammerherrnschlüssel von Franz I. von Österreich (Franz Joseph, Kaiser 1848–1916).

443

444

445

446

SCHLÜSSEL ZUM HERZEN: BRUDERSCHAFTEN UND CLUBS

«Der Mensch ist ein geselliges Tier, und er neigt zur Bildung von Gesellschaften.» Charles Robert Darwin, der Vater der Evolutionstheorie (1809–1882), hat mit diesen Worten scheinbar eine typische Entwicklung unseres Jahrhunderts vorweggenommen: die Vereinsmeierei. Freimaurer, Rotary Club,

Auf der folgenden Seite

447. *Vom Jubilee Hospital in Mansfield am 27. Oktober 1890 dem Herzog von Portland überreichter Schlüssel.*

448. *Schlüssel des Workshop College von 1931.*

449. *Dem Herzog von Portland von der Beston UDC im Juni 1923 überreichter Schlüssel.*

450. *Schlüssel der Magnus Grammar School von 1931.*

451. *Lord Gerard im Jahre 1906 überreichter Schlüssel.*

452. *Dem Herzog von Portland von der YMCA Mansfield 1904 übergebender Schlüssel.*

453. *Vom Leith Medical College 1912 überreichter Schlüssel.*

454. *Frau Pallsopp von der Worcester School 1910 überreichter Schlüssel.*

455. *R.D. Brown 1906 überreichter Schlüssel.*

456. *Dem Herzog von Portland von Lord Belfer 1928 übergebener Schlüssel.*

457. *Dem Herzog von Portland 1906 überreichter Schlüssel.*

458. *Frau Bonning von der Wellington School 1907 überreichter Schlüssel.*

Lions Club, Tigers Club, Soroptimist, usw. usw. usw., die Liste würde mehrere Seiten füllen und macht deutlich, daß es für die Menschen der heutigen Zeit ein tiefes psychisches Bedürfnis ist, der großen Einsamkeit zu entfliehen, die die zivilisierte Konsum- und Wohlstandsgesellschaft im Westen geschaffen hat. Der Mensch war noch nie so einsam unter seinesgleichen wie in den Millionenstädten Europas und Amerikas; und daher rührt das Bedürfnis nach Clubs und Vereinen. Clubs und Vereine hängen eng zusammen mit dem Bedürfnis nach Erkennungszeichen, die so wichtig sind, um der ständigen Verunsicherung etwas entgegenzuhalten, die durch die Vermassung, die Bürokratie und die Anonymität entstehen. Ein typisches Erkennungsmerkmal einiger Vereine ist die turnusmäßige *Übergabe des Clubschlüssels* an einen Gast, an jemanden, dem diese Ehre gebührt oder der mit seiner Gegenwart die Werte des Clubs bestätigt. Diese Schlüssel sind eine Art Surrogat für die Kammerherrnschlüssel, normalerweise reichverziert, mit allen Schnörkeln, Schmuckwerk und Inschriften, die man sich ausdenken kann, um Dingen Wert zu verleihen, die an sich keinen großen Wert haben: Wappen, Schnörkel, Email, Farben, Gold- und Silberbelag ... Ausdruck eines Zwischendings zwischen Freundschaft, Achtung und ehrlicher Bewunderung, ebenso die Befriedigung des stolzen und schnellebigen Ehrgeizes. Aufgrund ihrer ästhischen Qualitäten, aber auch wegen der Bedeutung, die sie in sich tragen (menschliche Schwäche, Eitelkeit, Vereinsmeierei und Furcht), eignen sich diese Schlüssel hervorragend für eine symbolbehaftete Sammelleidenschaft. Die Kunst des 20. Jahrhunderts scheint in der Schwebe zwischen Romantik und Manierismus zu sein: alles und das Gegenteil von allem wird dargestellt, in einer Gleichzeitigkeit von

Ikonismus und Anti-Ikonismus, die sich auch dahingehend ausdrückt, daß es eine wenig kommerzielle, tiefempundene Kunst und gleichzeitig eine kommerzielle Kunst mit wenig oder keinem Empfinden gibt. Die Industrie bedient sich der Werbung, um eine große Anzahl von Serienprodukten zu verkaufen, von zweifelhaftem Wert, die meistens zur Bereicherung weniger und zum Schaden der Welt, die allen gehört, hergestellt werden. Ebenso bedient sich die Kunst der Werbung, um ein industrielles Produkt zu verkaufen, das zur Bereicherung weniger dient und die Kultur und die Sensibilität aller zerstört. Dieser gesellschaftliche Amerikanismus und ebenso der erbitterte Widerstand, den er hervorruft, sind zum Scheitern verurteilt, denn sie bewegen sich auf einer Spirale in eine Richtung, die die «menschlichen Werte» nicht mehr berücksichtigt. Wir wird die Gesellschaft von morgen aussehen, die Kunst, die ja Zeugin der Gesellschaft ist? Was ist geblieben von der Schönheit der vielen Meisterwerke früherer Zeit, wo heute nur noch *industrial design* und *tout court*-Produktion gefragt sind? Der Schlüssel – der Schlüssel, der öffnet, der verschließt, der Schlüssel zum Schmuckkästchen und zum Stadttor, der Schlüssel zur Macht und der Schlüssel zur Weisheit – in unserer inneren Welt, in den Abgründen des Gedächtnisses, der kulturellen Überlieferung in uns allen, hat der Schlüssel einen wichtigen Anteil – mit seinen kleinen oder großen, allgmeinen und banalen oder gelehrten und mythischen literarischen Bedeutungen ist der Schlüssel, ob wir es bemerken oder nicht, ein wichtiger Teil unseres Lebens.

447

448

449

450

451

452

453

454

455

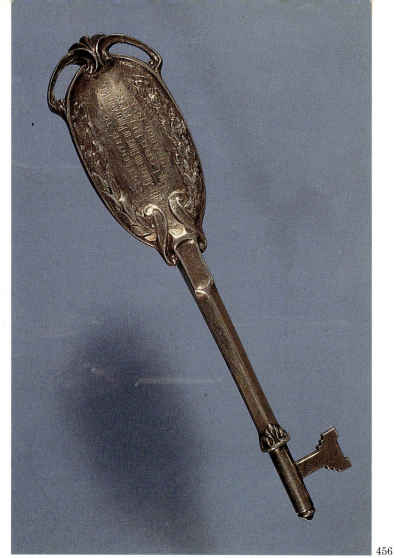

456

457

458

DIE ZUKUNFT DER SCHLÜSSEL

Ich habe in der faszinierenden Welt der Archäologie nach den Ursprüngen des Schlüssels gesucht. Um den Weg nun vom Alpha zum Omega zu gehen, werde ich nun möglichen Ursprüngen das wahrscheinliche Ende gegenüberstellen. Für dieses Kapitel gebe ich die Feder an den hervorragenden Soziologen Roberto Guiducci weiter, der für uns schreibt:

Der Schlüssel hat eine sehr lange, weit zurückreichende Geschichte, die Gabriele Mandel genau studiert hat. Doch der Schlüssel ist dem Tod geweiht. Die Informatik ist dabei, ihn durch Magnetkarten mit Geheimcodes zu ersetzen, die genauso aussehen werden wie die allseits bekannten Kredit- und Euroscheckkarten. Dieses Verschlußsystem wird derzeit nur in Bürogebäuden und Hotels angewendet. Aber auch an manchen Universitäten ist man dabei, ähnliche Methoden einzuführen, zwar noch nicht zum Öffnen von Türen, sondern um Anwesenheitslisten zu führen, die Ausleihe von Büchern und die Nutzung von Labors und Datenbanken zu verwalten, die Einzahlung der Studiengebühren oder die Benotung der abgelegten Prüfungen. Bald wird auch die Wohnung an der Reihe sein. Wir werden keinen Schlüssel und auch keinen schweren Schlüsselbund mehr in der Tasche haben. Ein System von Karten mit Geheimcodes oder Einrastungen wird ausreichen, um Haustor, Wohnungstür, Schubladen, Garagentor, Keller und Speicher usw. zu öffnen. Vielleicht wird es auch für das Auto eine solche Karte geben. In den Wohnungen werden auf alle Fälle weniger Schlösser sein, denn man wird sich mehr des «open space» und der beweglichen Unterteilung mit flexiblen Systemen im Wohnbereich bedienen. Der Schlüssel stirbt aus, und bald wird er ebenso abgeschafft werden wie die Münzen, die fast völlig von den Banknoten, den Schecks und den Kreditkarten verdrängt worden sind. *Fast*. Warum nur fast? Warum haben alle Industrieländer absurderweise das Münzkleingeld beibehalten? Nur weil es aus Metall einfach länger hält? Das ist sicherlich kein Grund. Dollars und halbe Dollars werden genauso häufig oder selten benutzt wie Markstücke und Groschen. Dollars sind aus Papier, Markstücke aus Metall. Der tiefere Grund ist der, daß man vielleicht unbewußt den *symbolischen Wert* der Münze beibehalten wollte, den Wert aus der Zeit, als sie auch einen *konkreten Wert* hatte. Heute ist der Wert des Geldes abstrakt geworden, er ändert sich von Tag zu Tag, er ist nicht mehr ans Gold gebunden, er ist eine Variable, die von Gegebenheiten abhängt, die sogar den Experten zu komplex sind. Oft sind es nur Gerüchte, Ängste, Annahmen, Gespenster, obskure politische Manöver, internationale Intrigen, die diesen Wert des Geldes beeinflussen, der doch früher einmal einfach im Wert des Metalls der Münze lag. Vielleicht war das jedoch nie der Fall. Gold- und Silbermünzen verloren beispielsweise stark an Wert, als die Spanier und Portugiesen die

459. *Placat von Jacno für das Festival von Avignon, 1956.*

460. *Großer silberner Opferschlüssel für die Kirche von Mario Negri, 1961.*

461

461. *Allegorie mit Schlüsselbund. Ölgemälde von Fernand Léger (Entwurf).*

462. *Pinsel mit Schlüsseln. Schloß und Vorhängeschloß:* Geheimnisse werden nicht enthüllt. *Ölgemälde von Gregorio Sciltian.*

463. *Allegorie des Schlüssels in der Heiligen Schrift. Zeichnung und Collage von Alessandro Nastasio.*

464. *Zerbrechen wir die Ketten der Sklaverei. Ölgemälde von José Clemente Orozco (1883–1949).*

465. *Ladenschild eines Antiqitätenhändlers mit Darstellung eines Schlüssels und Vorhängeschlosses. Budapest, Altstadt Buda.*

462

463

464

465

Kunstwerke der Goldschmiede Mittelamerikas einschmolzen und innerhalb kürzester Zeit Unmengen von Edelmetall nach Europa brachten. Dennoch haben Gold- und Silbermünzen ihren symbolischen Wert behalten, ungeachtet der Schwankungen des konkreten Werts, denn dieser ist noch nie bei Null gelegen. Dem Papiergeld ist dieses Schicksal bei besonders hoher und rascher Inflation schon mehrmals nicht erspart geblieben. Auf lange Sicht bedeutet das Festhalten an der Münze, auch wenn es sich nur um kleine Nennwerte handelt, symbolisch immer einen Exorzismus gegen den Verlust des Besitzes: eine Art illusorischer Rückversicherung, daß auch das restliche Geld seinen Wert nicht verlieren werde. Ebenso hat auch der Schlüssel immer einen starken symbolischen Wert gehabt. Dies schlug sich auch in der Sprache nieder, wenn man von dem Schlüssel zu einem Problem, einem Rätsel, einem Geheimnis oder einem Verbrechen sprach. Der Wohnungsschlüssel ist auch heute noch gegenwärtig und vermittelt ein Gefühl der Sicherheit. Im Gegensatz dazu erzeugt der Verlust des Wohnungsschlüssels große Unruhe und Angst. Man geht davon aus, daß der Heilige Petrus die Schlüssel zum Himmelreich hat, obwohl er sich doch im Himmel in einem unendlichen Raum aufhalten müßte. Der besiegte König überreichte dem Sieger den Stadtschlüssel, auch wenn die Tore längst offen und niedergerissen waren. Die Schlüssel bedeuteten das ganze Reich. Bald werden uns jedoch die Schlüssel genommen und wir werden nur noch Magnetkarten haben. Ein weiteres sehr menschliches und langlebiges Symbol wird unaufhaltsam von der kalten Technik und Informatik verdrängt. Vielleicht werden wir noch einen kleinen Schlüssel von einem alten Kästchen aufheben, als Rest, als Kleingeld. Es ist jedoch sehr wahrscheinlich, daß es uns nicht mehr gelingen wird, rechtzeitig den Schlüssel zu finden, der die vielen und unendlich komplexen Probleme lösen kann, an denen die heutige Welt leidet.

466. *Symbolischer Schlüssel in Sopron, Ungarn, 1977 zur 700 jährigen Unabhängigkeit der Stadt angebracht.*

DOKUMENTE EINER EPOCHE

Avec privilege du Roy

Coronnement　　　　　　Escusson

172

Coronnement Escusson

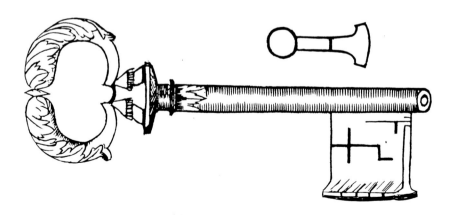

Coronnement.   Escusson.

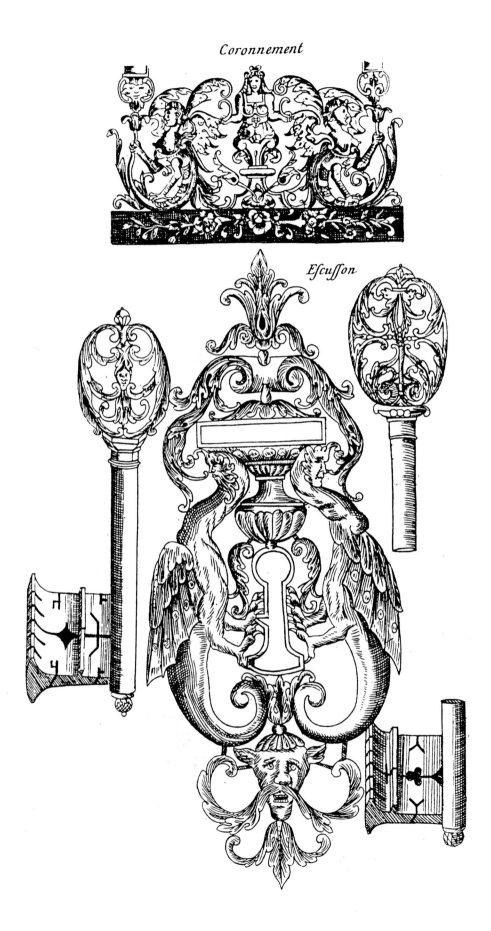

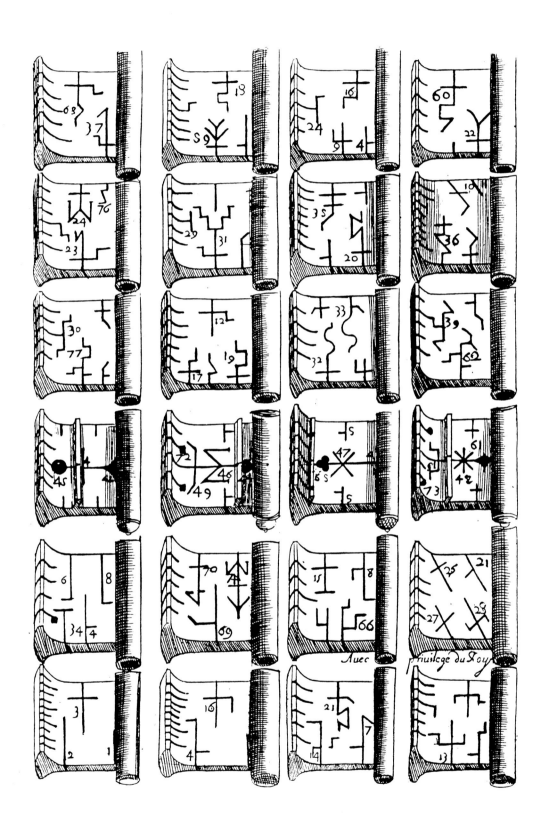

176

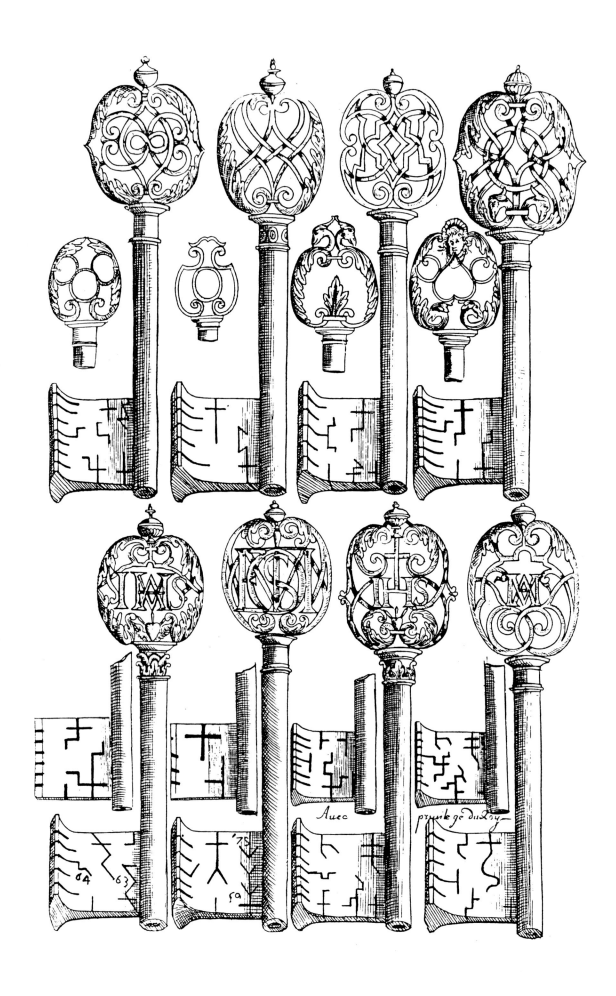

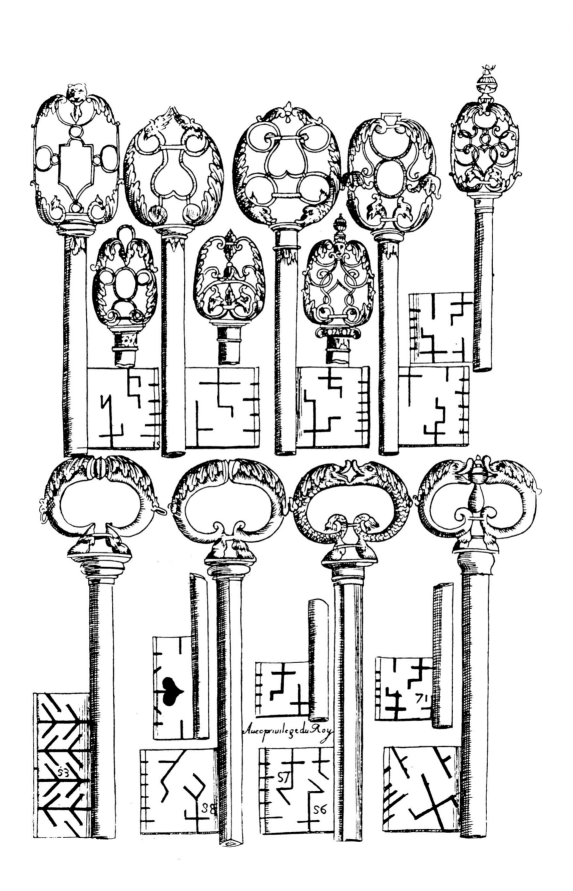

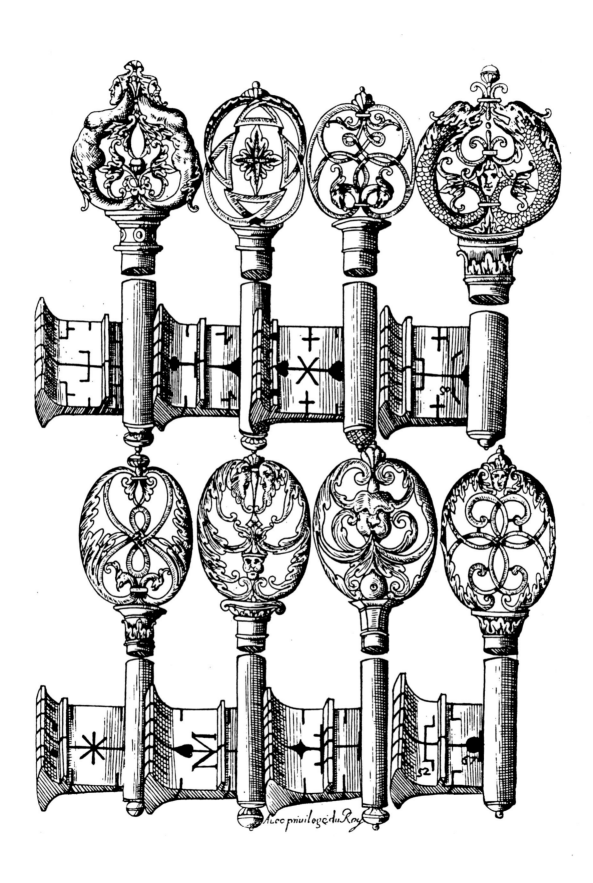

ART
DU
SERRURIER.

Par M. D*uhamel du* M*onceau*.

M. DCC. LXVII.

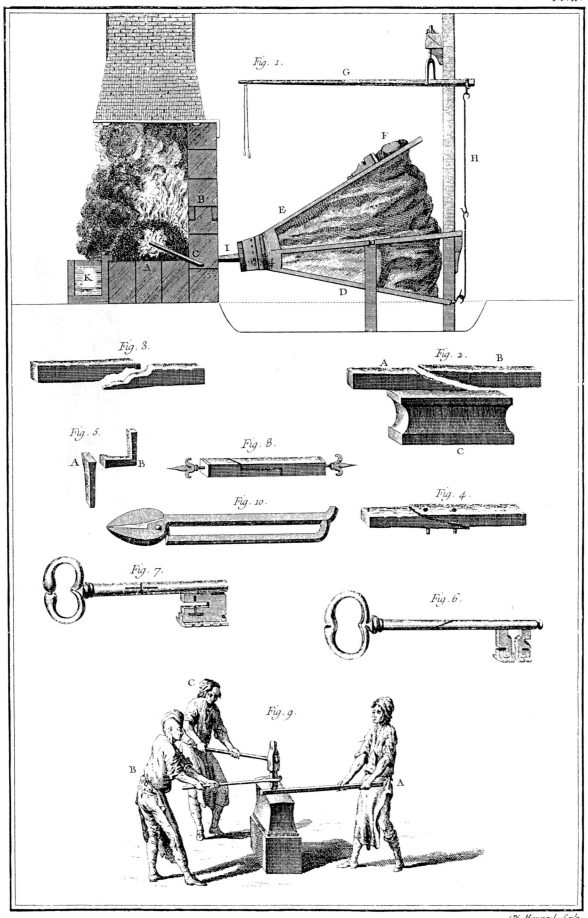

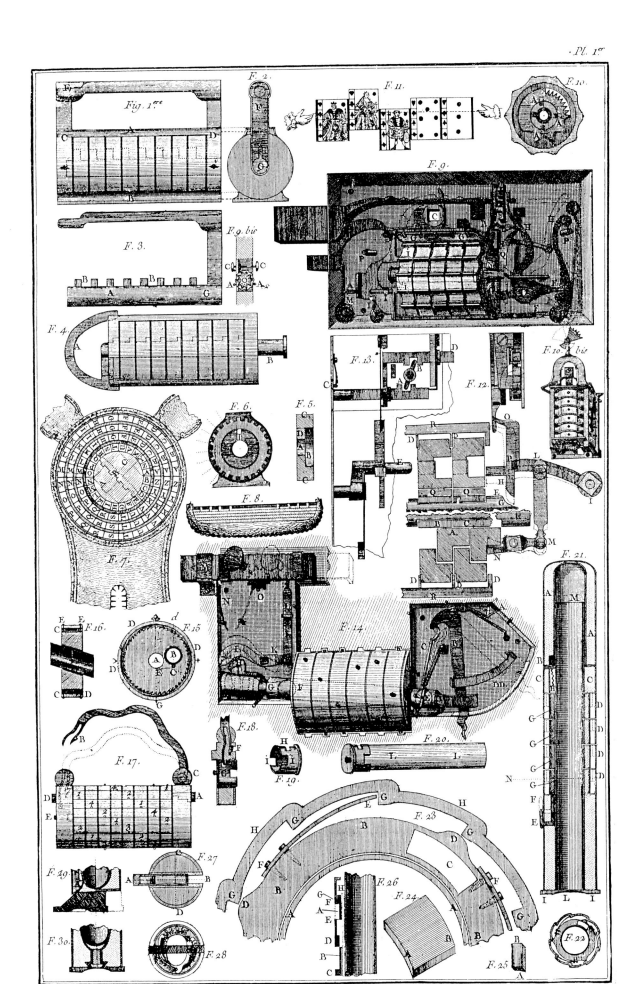

Pl. 1ᵉʳ

Bordier Del. et Sculp.

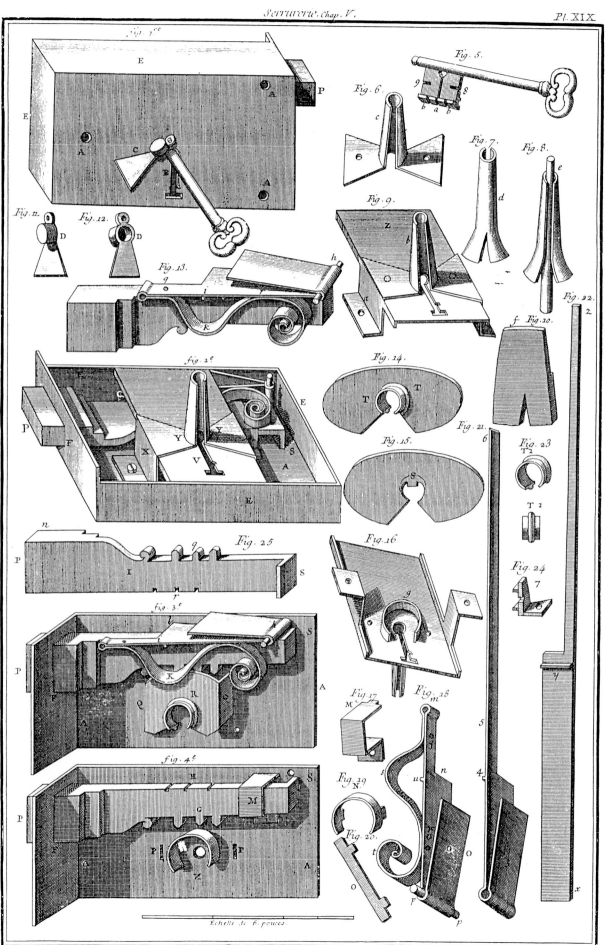

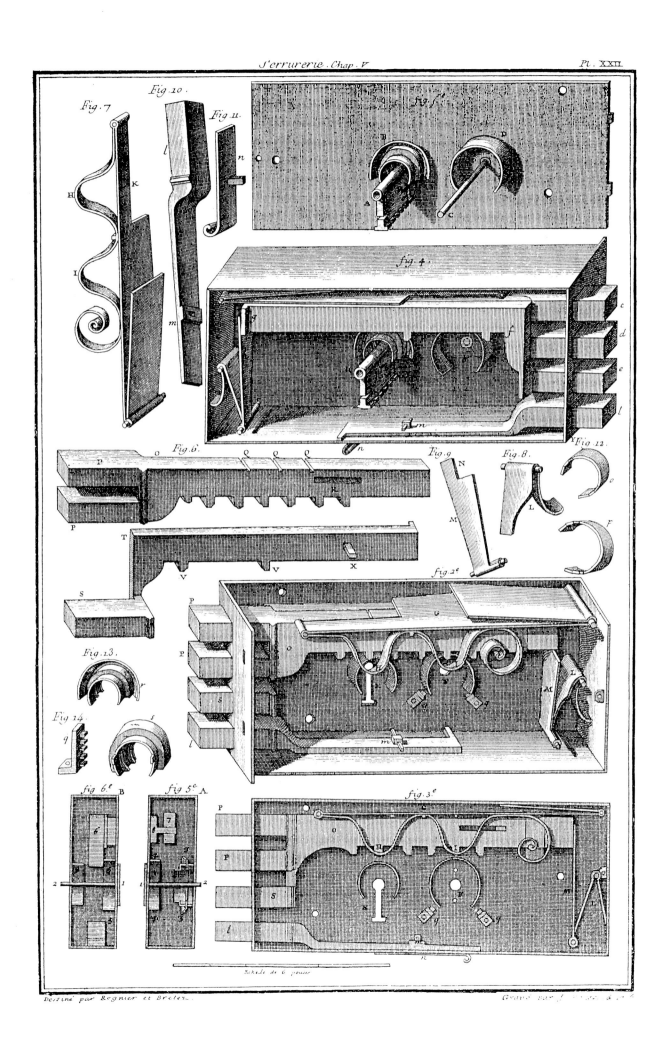

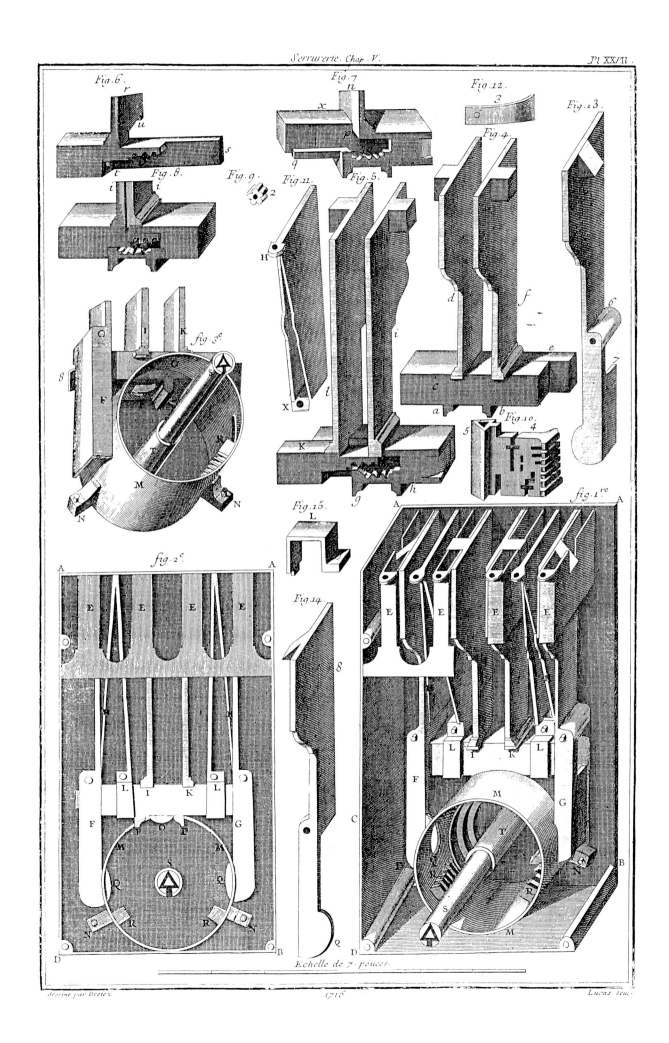

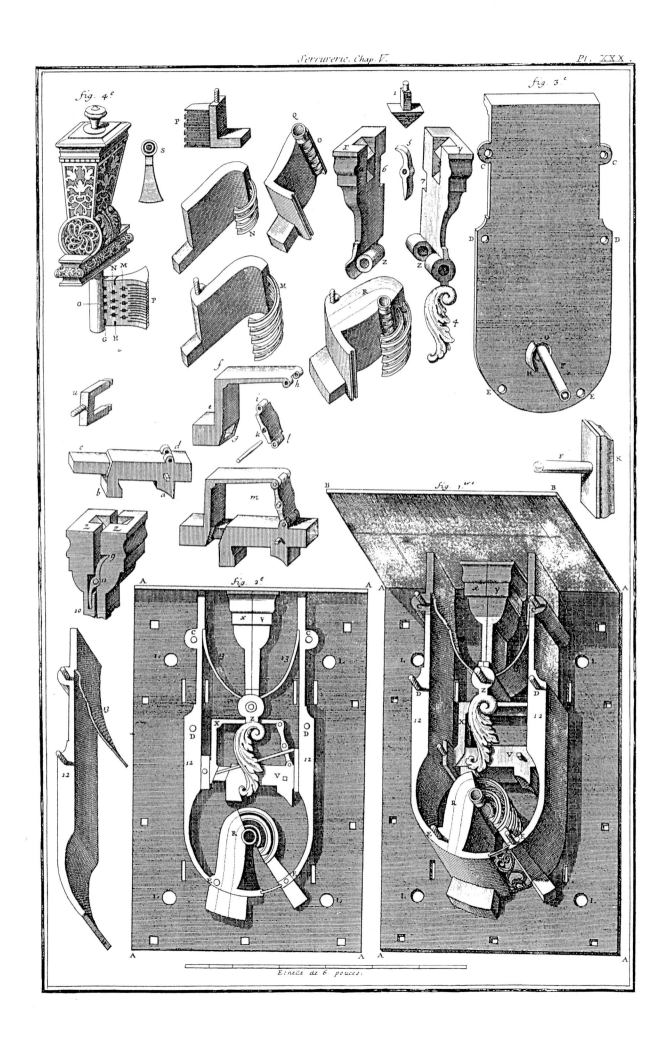

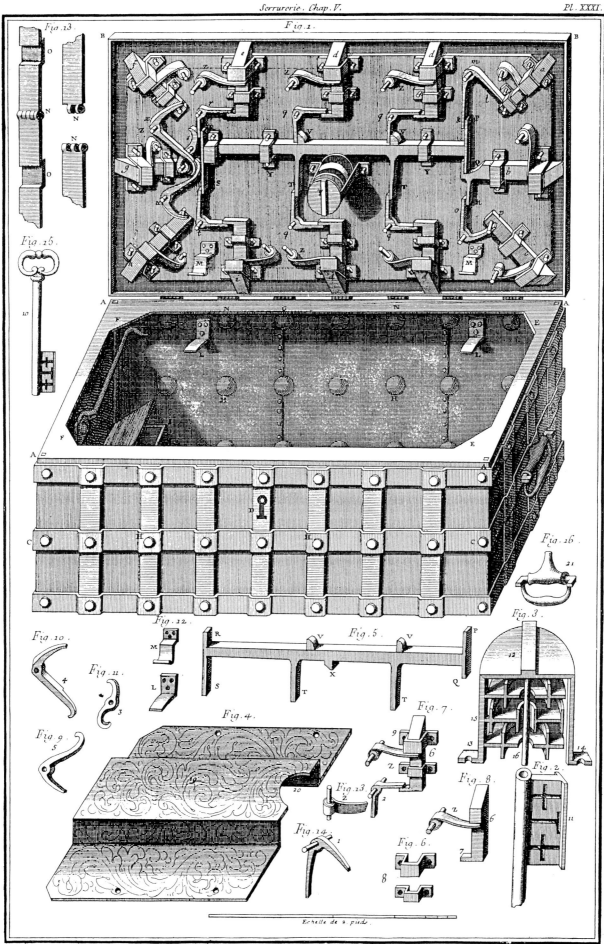

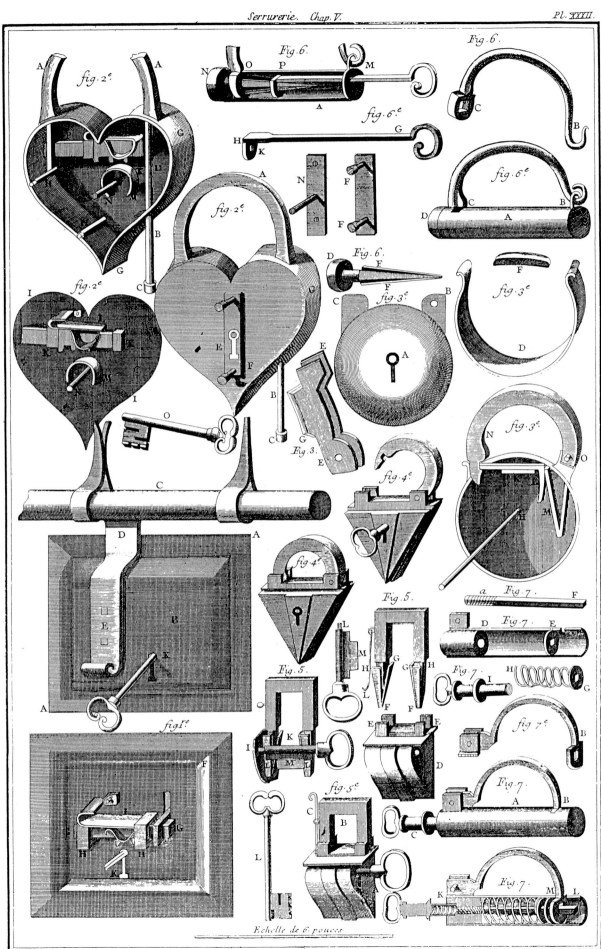

RECUEIL
DE PLANCHES,
SUR
LES SCIENCES,
LES ARTS LIBÉRAUX,
ET
LES ARTS MÉCHANIQUES,
AVEC LEUR EXPLICATION.

SERRURERIE

A PARIS,

AVEC APPROBATION ET PRIVILEGE DU ROY.

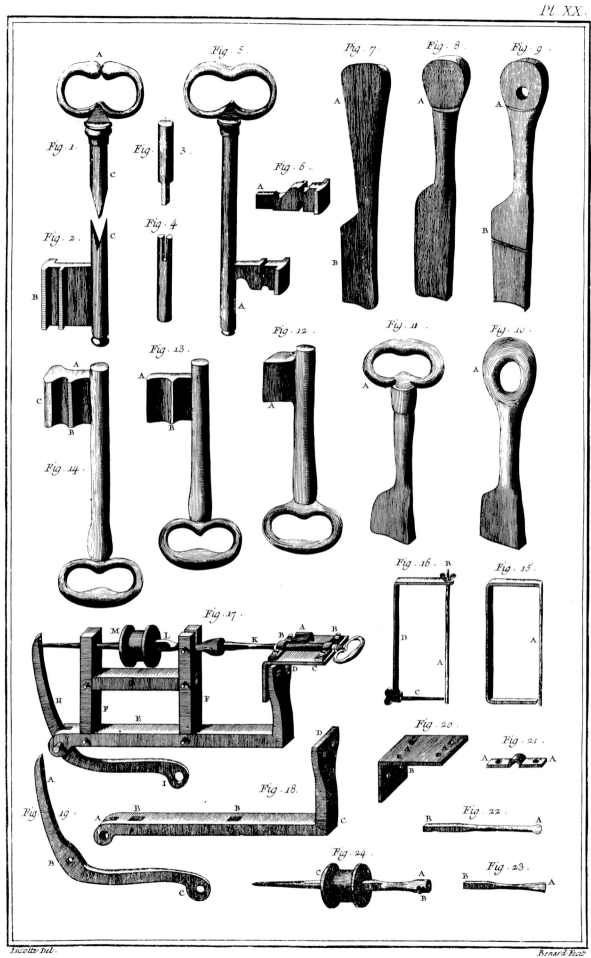

Serrurerie, Brasures et Clefs.

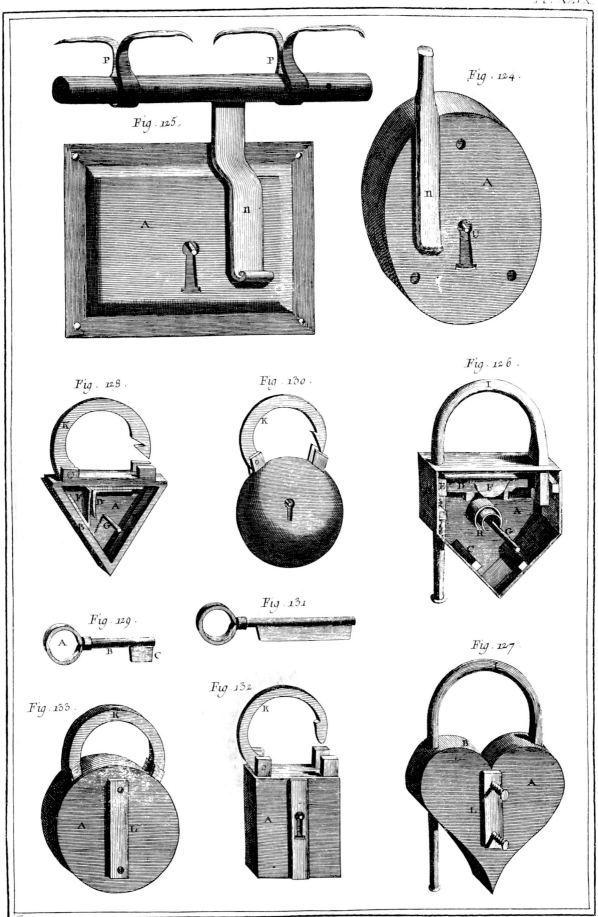

Serrurerie, Serrures Ovalles et à Bosse et Cadenats à Serrure

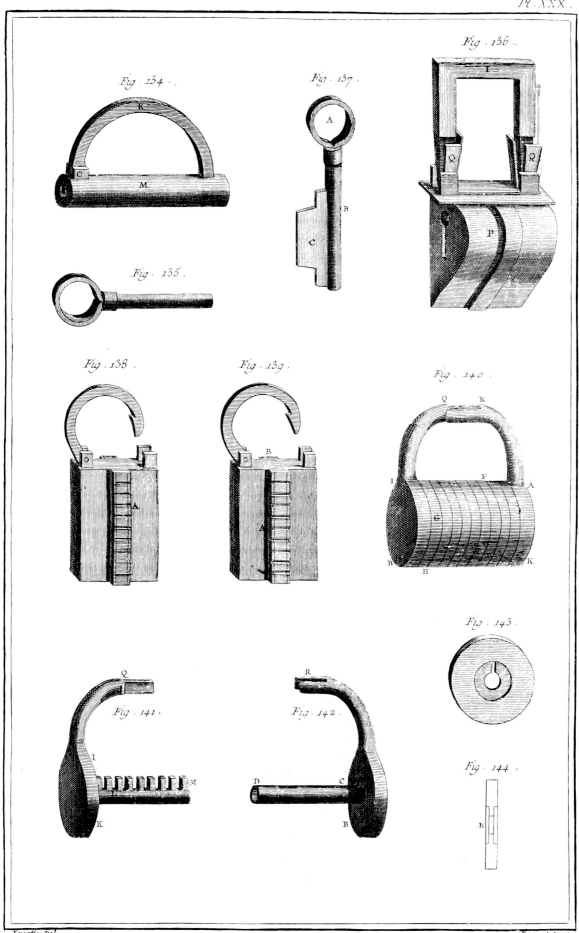

Serrurerie, Cadenats à Serrure et à Secret

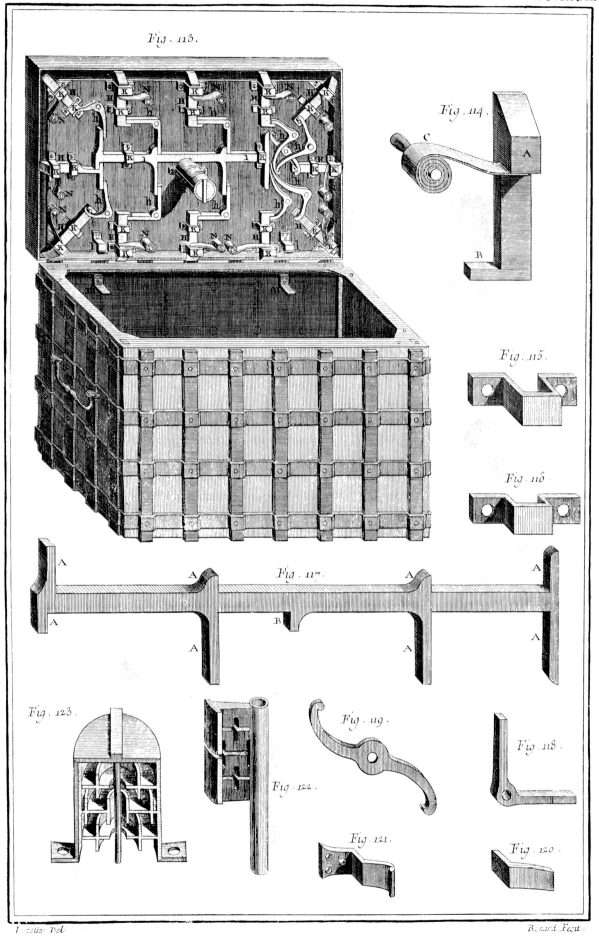

Serrurerie, Serrure de Coffre à douze Fermetures.

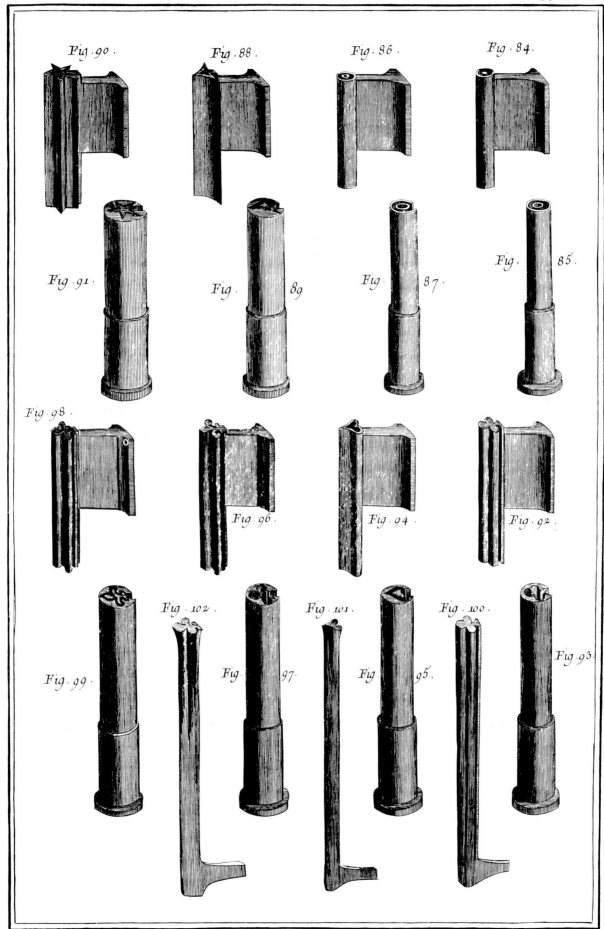

Serrurerie, Clefs et Canons de Serrures de Cofre.

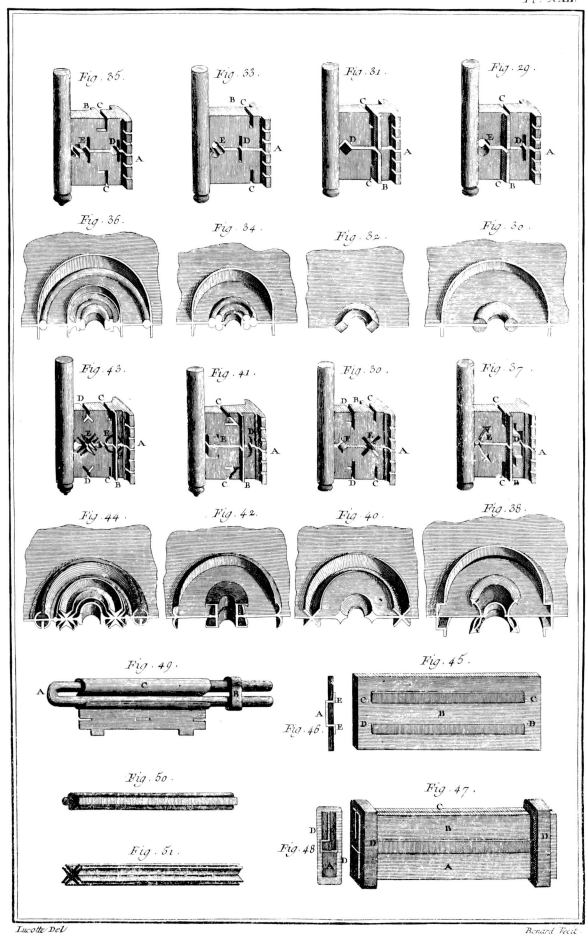

Serrurerie, Clefs à Bouton et leurs Garnitures.

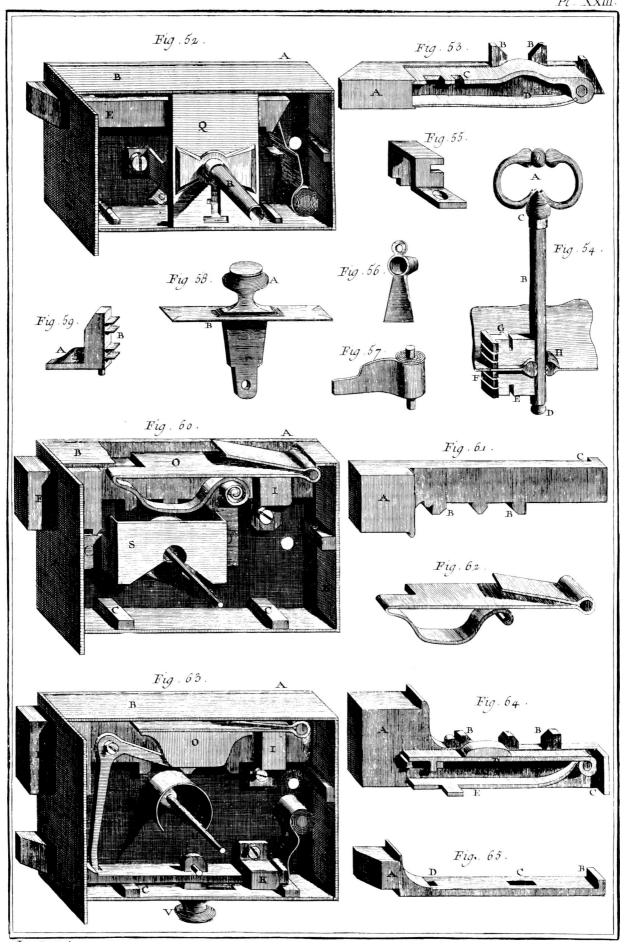

Serrurerie, Serrures de Portes.

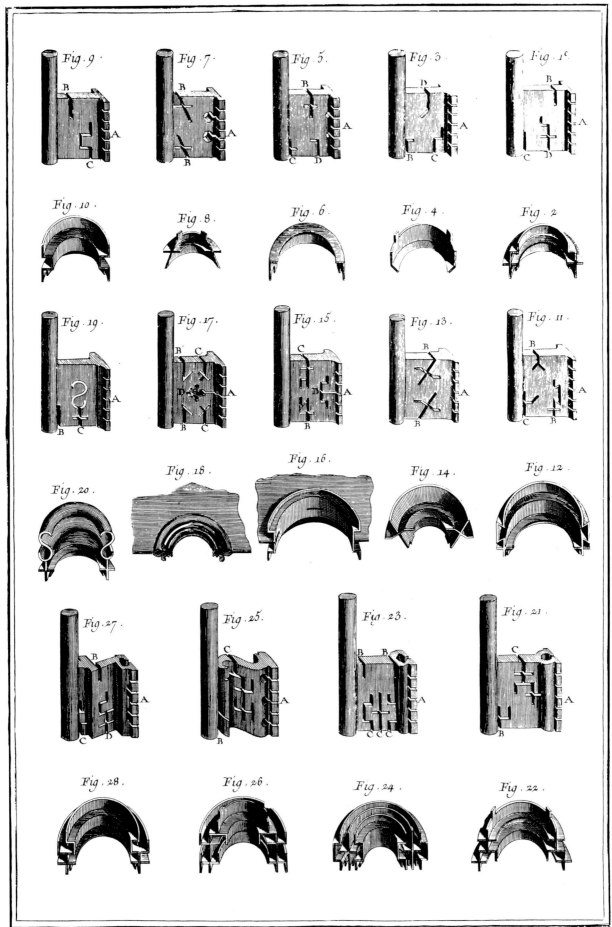

Serrurerie, Clefs Forées et leurs Garnitures.

BIBLIOGRAPHIE

ALLEMAGNE (Henri René d'), *La Serrurerie ancienne*, Saint-Cloud, 1902.

ALLEMAGNE (Henri René d'), PAULINE (H.), *Les musées des ferronneries Le Secq des Tournelles à Rouen*, Paris, H. Laurens, 1928.

ALLEMAGNE (Henri René d'), *Les anciens maîtres serruriers et leurs meilleurs travaux*, 2 vol., Paris, Gründ, 1943.

ALLEMAGNE (Henri René d'), *Ferronnerie ancienne* (catalogue du musée Le Secq des Tournelles à Rouen), 2 vol., Paris, 1924.

AMMAT (L.K.), *Locks and Lock Making*, Londres, 1973.

BENGUÉ (R.), *La serrure et ses dérèglements*, Paris, 1963.

BERTAUX (Louis), *Le parfait serrurier*, Dijon & Paris, 1828.

BLONDEL (Jacques) & BRISEUX (C.E.), *Motifs de ferronnerie ancienne des XVIIe et XVIIIe siècles*, Paris, s.d.

BORDEAU (Raymond), *Serrurerie du Moyen Âge*, Paris & Oxford Parker, 1858.

BOTTERMAN (Joseph), *Supplément à l'Art du serrurier*, voir DUHAMEL DE MONCEAU, 1781.

BRUNNER (Jean Joseph), *Der Schlüssel in Wandel der Zeit*, Berne & Stuttgart, P. Haupt, 1988.

BUTTER (Francis J.), *Locks and Lock Making*, Londres, 1926.

CANZ (Sigrid), *Schlosserkunst*, Munich, Bayerisches Nat. Mus., 1976.

CANZ (Sigrid), *Schlüssel Schlösser und Beschläge*, Wuppertal, W. Schwarze, 1977.

CHERONNET (Louis), « La Clef », *Travaux publics et entreprises*, n° 13, mai 1959.

COUTET, *Ferronnerie ancienne du musée Calvert à Avignon*, Paris, 1926.

COURTILL BOYER (Charles), « Les Clefs », *Hommes d'aujourd'hui*, n° VI, 1960.

DALY (César), *Motifs divers de serrurerie, XVe-XVIIIe siècle*, Paris, 1881.

DESORMEAU (P.) & LANDRIN (H.), *Nouveau manuel complet du serrurier*, Paris, Société française d'Éditions, 1930.

DIDEROT & D'ALEMBERT, « Serrurier » (recueil des planches), dans *Encyclopédie*, 1751-1772, 57 planches, Paris, 1762.

DUHAMEL DE MONCEAU (Henri Louis), *L'art du serrurier*, Paris, Panckoucke, 1767.

DUVEAU (Édouard), voir VESLY (Léon de)

EGGER (Gerhart), *Beschläge und Schlösser am alten Möbeln*, Munich, G.D.W. Callwey, 1973.

ERAS (Vincent J.M.), *Locks and Keys throughout the ages*, Dordrecht, V.J.M. Eras, 1957.

FAHRENKROG (Role), voir PROCHNOW (Dieter).

FANTON (Bruno), *La chiave ; L'arte dei serraturieri in Val di Fassa*, Vigo di Fassa, Istitut Cultural Ladin, 1986.

FORDIN (Louis), *Nouveau livre de serrurerie contenant toutes sortes de grilles d'un goût nouveau*, 1723.

FRANK (Edgar), *Petite ferronnerie ancienne*, Paris, Ed. Self, 1948.

PREMONT (Charles), *La serrure, son origine, son évolution*, Bourges & Paris, Tardy, 1924.

FRIEDMANN (B.), *Die Arbeit des Schlosser*, Weimar, 1876.

GARCIA BELLIDO (A.), « Cerrajas artisticas de la Escuela de Madrid en las iglesias madrilenas », dans *Arte Espanôl*, vol. VII, Madrid, 1924/25.

GRANDPRÉ (Comte de), *Manuel théorique et pratique du serrurier*, Paris, Roset, 1827.

GUILLET (Hubert), « Le musée Le Secq des Tournelles », *La Revue française*, n° 105, Rouen, 1958.

HAUG (Hans), *La ferronnerie strasbourgeoise au dix-septième et au dix-huitième siècle*, Paris & Strasbourg, A. & F. Kahn, 1933.

HAVARD (Henry), *La Serrurerie*, Paris, C. Delegrave, 1892.

HEFNER ALTENECK (Johann Heinrich von), *Eisenwerke oder Ornamentik der Schmiedekunst des Mittelalters und der Renaissance*, 2 vol., Francfort-sur-le-Main, 1870. *Der bayerische Schlossermeister und Maschinenbauer*, Munich, 1927-1931.

HEINSIUS (E.), *Die ältesten Schlossmacher Europas - die Pfahlbaubewohner*, n° 1/2, Vorzeit/Bodensee, 1954.

HOBBS (A.C.), & TOMLINSON (Chas), *Construction of Locks and Safes*, Londres, v. 1850.

HOGG (Garry), *Safe bind - Safe find*, Londres, H. Phoenix, 1961.

HOPKINS (A.), *The Lure of the Lock*, s.e. ; s.d.

HUSSON (François), *Les Serruriers*, Paris, Marchal & Billard, 1902.

JOUSSE (Mathurin), *La Fidelle ouverture de l'art du serrurier*, La Flèche, G. Griveau, 1627. Réédition avec une note historique par DESTAILLEURS (H.), Paris, A. Lévy, 1874.

KAHSNITZ (Rainer), *Meisterwerke Nurnberger Schlosserkunst im Germanischen Nationalmuseum*, Nuremberg, 1985.

KRAUTH (Meyer), *Das Schlosserbuch*, Leipzig, s.d.

LE COCQ (Raymond), *Serrurerie ancienne. Techniques et œuvres*, Paris, Gedalge, 1973.

LEISCHING (E.), « Über Schlüssel und Schlüsselschilde », dans *Kunst und Kunstharndwerk*, p. 20-49, Vienne, 1902.

LISE (Giorgio), *Chiavi e serrature/Locks and Keys*, Milan, BE-MA Ed., 1987.

LOQUET (Charles), voir VESLY (Léon de).

METZGER (M.), *Die Kunstschlosserei*, Lubeck, 1927.

MONK (Eric), *Keys. Their history and collections*, Londres, Shire, Aylesbury, 1974. Seconde édition, 1979.

MOSSMAN, *The Lure of the Lock*, New York, A.A. Hopkin, 1928.

Müsterbuch für Künstschlosser, Anonyme, 1885.

NOTHDURFTER (Johann), *Die Eisenfunde von Sanzeno im Nonsberg*, Mayence, Von Zabern, 1979.

NÖTLING (E.), *Studie über altrömische thür - und kastenschlösser*, Mannheim, s.d.

PANKOFER (Heinrich), texte de PFEIFFER BELLI (Erich), *Schlüssel und Schloss*, Munich, G.D.W. Callwey, 1974.

PARKES JOSIAH LTD, *Antique Locks*, Londres, 1955.

PASQUIER (Jacqueline du), *La Clef et la Serrure*, Paris, musée des Arts décoratifs, 1973.

PETIT (Pierre) et autres, *Histoire et Petites Histoires de la Serrurerie*, Paris, Fichet Bauche, 1976.

PFEIFFER BELLI (Erich), voir PANKOFER (Heinrich).

PILZ (Kurt), *Die 600 jährige Geschichte des Nürnberger Schlosserhandverks*, Nuremberg, 1965.

PITT RIVERS (F.R.S.), *On the Development and Distribution of primitive Locks and Keys*, Londres, Chatto & Windus, 1883.

PRADE (Catherine), *Clefs et serrures anciennes* (collection : « Œuvres d'art et de Collection »), Paris.

PRADE (Catherine), *L'art des clefs et serrures anciennes*, Paris.

PRADE (Catherine), *Musée Bricard, musée de la Serrure*, Paris, 1986.

PRICE (George), *Treatise on Fire & Thief-proof depositories and Locks and Keys*, Londres, Simfkin & Marshall & Co, 1856. Reprint : Phoenix AZ, Key Collectors Int., 1980.

PROCHNOW (Dieter), texte de FAHRENKROG (Role), *Schonhert von Schloss Schlüssel beschlag*, Düsseldorf, A. Heen Verl., 1966.

QUINTANA MARTINEZ (A.), « Cerrajeria artistica baroca en Castilla la Nueva », *Archivio Español de Arte*, n° 173, Madrid, 1971.

RUBIO ARAGONES (Maria Josè), « Salvajes, hierros u cerrajeros. La cerrajeria gotica », *Antiquaria*, n° 60, Madrid, 1989.

SCHLEGEL (F.W.), *Kulturgeschichte der Türschlösser*, Duisbourg, 1963.

SOURDEL THOMINE (Janine), *Clefs et serrures de la Ka'ba*, Paris, P. Geuthner, 1971.

TOURNIER (Michel), *Des clefs et des serrures*, Paris, Chêne, 1983 (3e éd.).

VALENTIN (Louis), *Les Artisans célèbres*, Tours, Mamie & Cie, 1844.

VAUDOUR (Catherine), *Clefs et serrures ; catalogue du musée Le Secq des Tournelles*, Rouen, 1980.

VESLY (Léon de), préface à : *Essai sur la serrure à travers les âges* — Ire partie : LOQUET (Charles), *Aperçu historique*. IIe partie : DUVEAU (Edouard), *Choix des pièces... et Répertoire descriptif*, Rouen, J. Lecerf, 1908.

VIVARELLI DA BORNORO (Giandomenico), *Della Serratura combinatoria o sia metodo nuovo di fare le Serrature per difendersi dai Ladri da chiavi False*, Bologne, F. Pisarri, 1750.

ZIPPER (J.), *Vollständiges Handbuch der Schlosser Kunst*, I/II, Augsbourg, 1841/49.

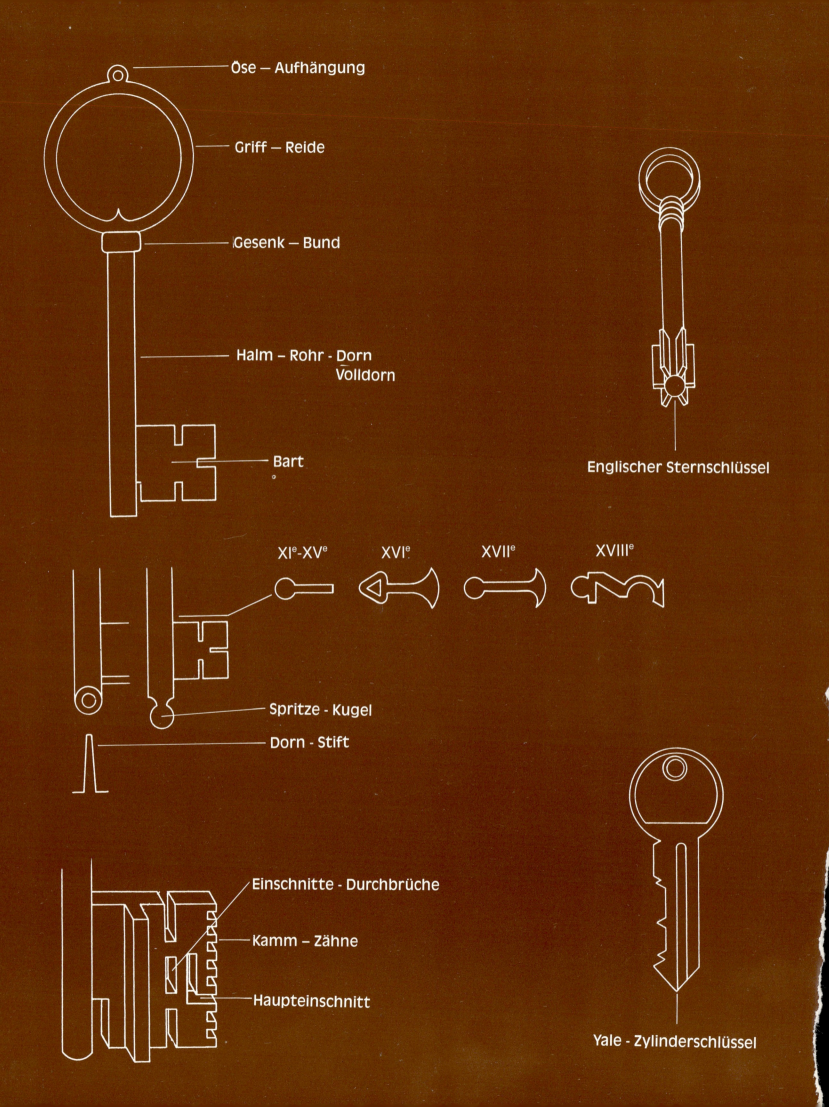